神祇庁の陰陽師・凪の事件帖

魔が差したら鬼になります

角川文庫
24073

目次

主な登場人物

イラスト／カズアキ

凪（なぎ）　飄々としていて摑みどころのない男性。神祇庁内でもなぜか特別待遇を受けている。

現（うつつ）――面倒見のいい苦労人で、凪にいつも振り回されている。

羅夢（らむ）――感情の起伏が少ない美少女。

愛華（あいか）――怪異専門の行政機関『神祇庁』の職員であり、凪たちの上司。

神代嵐士（かみしろあらし）　鬼になった青年。人を殺す夢を度々見るようになる。

尾崎剛志（おざきたけし）――尾道警察署の刑事。

月島悠（つきしまゆう）――尾道警察署の若手刑事。

柏木芽衣（かしわぎめい）――嵐士の幼馴染。

プロローグ

二酸化炭素の代わりに、血が口から溢れた。

ごぽり、と空気を含んだような音を立てて、鮮血は俺の気管を塞ぐ。それがどうしようもなく苦しくて、再び呼吸を試みるが、やっぱり口から溢れ出たのも、吸い込んでしまったのも血液だった。

真っ白い駅の天井に、背中に感じる床の冷たさ。

泣き叫び逃げ惑う人々に、真っ赤になったナイフを振り回す男の怒鳴り声。

刺された腹部の痛みに、呼吸の苦しさ。

そのどれもが薄皮一枚挟んで、オブラートに包まれて、俺に届く。

鮮明なものなんて何もない。

なのに、その声だけは脳に直接語りかけてくるかのように、はっきりと俺の耳に届いた。

「死んじゃうね、君」

気がつけば、長髪の男が立ったまま俺をのぞき込んでいた。コートのポケットに両手を突っ込んだまま、男はこちらを助けようとするそぶりなんて全く見せず、むしろ唇にはわずかな笑みをたたえて、俺を見下ろしていた。――いや、見下していた。

新雪のような白銀の髪がこちらに向かって垂れている。奥にあるのは、輝く金色の瞳。瞬きをまったくしないからか、はたまたあまりにも顔が整いすぎているからか。俺の目に映るその男は、造形だけなら人であるにもかかわらず、人に見えなかった。

――死神なのかもしれないな。

酸素が足りなくなった頭でそう思う。だって、逃げ惑う人々も、刃物を振り回している男でさえも、この異様な男の存在に気がついていないようだったのだ。

「生きたい？」

即答できなかったのは、きっとこの状況に混乱していたからだろう。

何も答えようとしない俺の態度をどうとったのか、「面白いね、君」と男はなぜか満足そうに微笑んだ。

「いいよ。生かしてあげる」

男はしゃがみ込んだ。仰向けに倒れている俺に、白銀の毛先がわずかに触れる。彼の長い髪の毛は、まるで俺と男とそれ以外を隔てるカーテンのようだった。

男はこちらに向かって指を伸ばしてくる。そして、額に触れた。彼の冷たい指先はそこからゆっくりと右目にたどり着く。

「――あぁあぁぁあぁぁぁぁあぁ!!」

瀕死である俺がそう声を上げたのは、彼の指が俺の顔にめり込んできたからだ。まるで眼窩をえぐり取ろうとするように、男の指は俺の瞼の下に沈み込む。更に恐ろしかったのは、それがまるでではなくまさしくだったことだ。

そう、彼はまさしく俺の右目をえぐり取ったのだ。

「あああぁぁあぁぁぁ！」

俺とつながっていた皮膚が、筋肉が、神経が、ぶちぶちぶちと音を立てて千切れる。液体と固体の間のようなものが、最後の抵抗のように糸を引いて、それもぼたりと頬の上に落ちた。

俺がこんなにも痛みと混乱で悶えているにもかかわらず、やっぱり周りは俺と男の存在に気がついていないようだった。

「交換だよ」

落ちてきた言葉に、俺は窪んでいない方の目を開ける。そのとき俺が見たのは、男の手にある二つの球体だった。一つはもちろん俺から奪ったものだ。もう一つは――眼球の出処に意識が向く前に、男は俺のものではないもう一つのそれを、俺の窪みに無理やり押し込んだ。

瞬間、じゅわりと目元の皮膚が沸騰したような熱さに襲われる。

まるで熱した鉄球を代わりに押し込まれたような感覚に、身体中の筋肉が一瞬にして強ばった。度重なる激痛に、俺はもう声も上げられない。思わず足をばたつかせようとしたが、腹部の痛みがそれを邪魔する。

男の指が離れると同時に、俺は右目を押さえた。指の間から白煙が立ちのぼる。痛みは当然のごとく治まらず、肉の焼けただれる臭いが鼻をかすめて、もうなにも考えられなくなった。

男はもがき苦しむ俺を嘲笑った後、もう用は済んだとばかりに立ち上がる。そして、背中を向けた。

「じゃぁね」

男はそう言ってこちらを振り返る。その右目があった場所には穴が開いていた。真っ黒くて底の見えない、静かな穴だ。

それが、俺が俺であったときに見た最期の光景だった――。

第一章

1

女性の細い首を、神代嵐士（かみしろあらし）は両手で思いっきり絞めた。抵抗できないように馬乗りになり、親指に力を入れ気道を塞ぐ。手首はロープで結んでいたが、足は拘束していなくて、女性は着ている高校の制服を乱しながら、嵐士の下で足をバタつかせている。声を出さないようにと口に嚙（か）ませているタオルの隙間から、泡立った唾液（だえき）が流れ落ちた。細かく揺れる黒目が、痙攣（けいれん）する上まぶたに半分ほど隠れる。女性の目の端から透明な液体がじわりと生まれて、肌の上を滑った。それが生理的なものだったのか、感情から生まれたものなのかは分からない。

やがて女性は大きく身体をのけぞらせながら、全身を硬直させた。そして、小さく震えたあと、一気に身体の力を抜く。

それと同時に、嵐士は確かな手応（てごた）えを感じた。

ごき。

なにかが折れた、音がした。

嵐士は、動かなくなった女性の身体の上からおりた。

そして月明かりの下、たった今自分で摘み取ってしまった命をまじまじと観察する。

地面の上に広がった長い髪。抵抗したときについた、地面の跡。乱れた制服。失禁でもしたのか、彼女の足元には水たまりができている。

嵐士は、唇を引き上げた。

2

「うわぁあぁぁぁあぁぁぁ！」

嵐士は叫び声を上げながらベッドから飛び起きた。

荒い呼吸を整えつつ周りを見回せば、そこは自分の部屋だった。物の少ない、1Kのどこにでもあるアパートの一室。飲みかけのペットボトルも、昨日食べたコンビニ弁当のプラスチック容器も、記憶のままテーブルの上に放置してある。

嵐士は痙攣する両手の指を見つめながら、先ほどまで見ていた夢の内容を反芻(はんすう)する。

女性を殺した。

女子高生を殺した。

女子高生の首を絞めて殺した。

指先がピクリと反応する。

瞬間、首を絞めるときに感じた女性の体温を思い出し、嵐士は頭を抱えた。全身に滲(にじ)んだ脂汗が気持ち悪い。

「また、か」

ここ最近、嵐士はこんな夢ばかり見ていた。こんな夢、というのは人を殺す夢だ。あるときは斧(おの)で人の頭を割り、あるときは崖(がけ)から人を突き落とす。またあるときは複数の人間で一人に暴行を加えて殺し、またまたあるときは食べ物に毒を混ぜる。

犯行を重ねているのはいつだって嵐士なのに、夢の中では何もあらがえない。自分で行動を決めることができないのだ。どれだけ相手を殺したくないと思っていても止められない。ときには口元に笑みを浮かべるようなこともある。

そんな夢ばかりを見ているからか、ここ最近眠りが浅い。というか、ほとんど寝ていないような気がする。精神的からなのか、肉体的からなのかわからない疲労感で身体がこのうえなく重かった。

嵐士は顔を上げてベッドの近くにおいてある時計を見る。時刻は五時。もちろん、朝の、だ。早起きというにも早すぎる時間である。正直、このまま二度寝をしても良かったが、先程見た夢の続きを見てしまいそうで怖かった。

嵐士はもう一度身体を横たえたい衝動を抑え込み、ベッドから足をおろした。そして、そのまま洗面所に向かう。蛇口を捻って水を出すと、寝不足の顔を洗った。三月の冷たい水道水が火照った頭を冷やし、額に浮かんだ脂汗を流す。そうしているうちに、目がだんだんと冴えてくる。嵐士は手探りでかけたあったタオルを取り、顔を拭き、洗面台にある鏡を見た。そこには顔色の悪い男が映っていた。まだ十代だと言うのに、ボサボサの茶色い髪に青白い顔。

そして濃い隈の上にあるのは、――金色の目だった。

嵐士は右目の下にそっと指を這わせた。そして、まじまじと見つめる。

人を殺す夢を見るようになったのは、この目が金色になってからだった。

三ヶ月前、嵐士は広島駅で通り魔に腹を刺された。

通り魔といっても通りがかりに人がいないところで腹を刺されたのではなく、平日の夕方、帰宅ラッシュの駅の構内で、嵐士は凶刃にさらされたのだ。

深々と刺さったサバイバルナイフ。腹部から、口から、あふれ出る血。倒れ込んだ床の冷たさ。怒号。逃げ惑う人々。消えていく意識。死を覚悟した瞬間。

そのどれもをきちんと覚えているのに、事件の三日後、病院のベッドで目が覚めた嵐士の腹部には該当する傷がなかった。いや、正確にはガーゼの下に引っ掻いたようなかすり傷はあったのだが、それだけだ。

意味が分からず混乱している嵐士に、診察に来た医師は柔和な笑みを浮かべながらこう言ったのだ。

『ナイフが掠った程度で良かったですね。刺さってでもいたら、大変でしたよ』

医師の説明では、運ばれてきたときから嵐士には怪我はなかったそうなのだ。三日間寝ていたのも、突然通り魔に遭って精神的に疲弊したからだろうと。身体的には健康そのもので、検査でも問題は見つからなかったらしい。

——刺されていない？

そう不審に思ったが、疑問が口から漏れることはなかった。

嵐士は、その日の夕方には退院という運びになった。

病院を後にした嵐士は、電車に揺られながらスマホの中にあるニュースアプリを立ち上げた。そして三日前のニュースを確認する。すべてが夢なんじゃないかと思ったからだ。しかし、嵐士が記憶している通り、あの日あの時間、通り魔はナイフを振り回して暴れていた。野次馬が撮ったらしきピントのあっていない写真も掲載されており、そこには真っ赤なナイフを持つ男の姿が写っている。しかし、記事によると、あの日の駅では軽傷者しか出ていなかった。ナイフで刺されるような重傷者などおらず、ナイフについていた血は錯乱した通り魔自身のものだと書かれていた。

「もしかして、夢だった……？」

そう呟いてみたが、いくら思い返してみてもやはりあれは現実のことだ。あんな鮮明な記憶が夢であるはずがないのだ。でもそれなら、どうして、自分の腹部に傷はないのだろう。

そんなことを思いながら、嵐士はふと窓の外を見た。その時だ。薄暗くなった窓の外。嵐士は窓ガラスに映った自分自身と目があった。

「うわああぁぁあぁ！」

叫びながら座席から落ちてしまったのは、そこに映った自分の顔に、いや、こちらを見つめる目の色に、とある男のことを思い出したからだ。

白銀色の長髪に、整いすぎた相貌。少し長い前髪の奥にきらめくのは金色の——

そして、目を抉られる感触も思い出す。襲ってきたのは吐き気だった。

嵐士は、電車のドアが開くと同時に駅名を確かめることなく降りた。そのままトイレに駆け込み、胃液を吐き出す。

嵐士は洗面台についている鏡で改めて自分自身の顔と向き合った。

「なんだよこれ……」

そこで初めて気がついた。嵐士の右目は男と同じ金色になってしまっていた。

それからだ。ぽつぽつと嵐士は人を殺す夢を見るようになった。毎日でないことが唯一の救いだったが、それでも一週間に一度はそういう夢を見る。それ以上間を置いたためしはなく、あまりの頻度に心療内科を受診しようかとも思ったのだが、なんて説明すればいいのか考えている間に月日がどんどん過ぎていってしまった。

嵐士は枕元においている、医療用の眼帯を手に取り、立ち上がった。このまま悶々と考えていてもいいことはない。それなら朝食の調達ついでに、外に散歩に出かけようと思ったのだ。

嵐士は眼帯をつけ、アパートを出た。鍵を閉め、錆びついた階段をおりながら顔をあげると、まだ空は夜の藍に覆われていた。空の端が白んでいるので、夜明けはもうすぐだろう。

嵐士は最寄りのコンビニに向かうため、アパートから続く坂道を下りる。前から坂道の街だと聞き及んでいたけれど、住んでみるまでこれほどだとは思わなかった。

瀬戸内海の穏やかな海風が頬を撫でる。

ここは尾道だ。嵐士は少し前にここに来たばかりだった。

自ら望んでやってきたわけではないし、好きか嫌いかと聞かれてもまだよくわからないが、故郷とは違う時間の流れ方が気持ちを穏やかにしてくれるのは事実だった。

嵐士は坂道と階段を繰り返す道を下りながら、目的地を目指す。歩きながら懐に入っていた財布を開ければ、千円札が数枚と小銭が少し入っているのが見えた。まだ通帳に少しだけお金が残っているとはいえ、そろそろバイトを始めたほうがいいかもしれない。懐が頬を撫でる風のように少し寒い。

嵐士はため息をつく。その時、視線の先に背の高い時計台が見えた。公園によくある、子供たちに時刻を告げるためのものだ。まるでオブジェのように湾曲した金属で飾られたそれは、他ではあまり見ることができないデザインだった。

——いや。

嵐士は別の場所であの時計台と同じものを見た。

別の場所？　本当に別の場所だっただろうか。あれは——

——夢で見た時計台だ。

先程、夢の中で、あれと同じものを見た。女性の首を絞めた場所だ。

嵐士はまるで引き寄せられるように時計台に向かう。そこには公園があった。

敷地内に入ったことはないが、外からは何度も見たことがある、何の変哲もない公園。しかし——

「そうだ。この場所だ！」

嵐士は思わず声を上げる。

夢の中で女性を殺したのはこの公園だ。間違いない。

嵐士は恐る恐る敷地内に足を踏み入れる。そして、ぐるりと見回した。遊具のあたりを一周し、それからトンネル型のすべり台の中や、ベンチの下を覗く。そこまでしてようやく、嵐士はほっと息をついた。

「……なんだ」

案の定というか、なんというか。やはり公園には女性の遺体なんてものはなかった。自分の想像が杞憂だったことを知り、嵐士は身体の力を一気に抜いた。そのまま、公園のブランコに座り込んだ。

ブランコを漕ぐと、きぃきぃと錆びついた音がする。そうしていると、とあるものが目についた。地面のしみだ。今朝も昨晩も雨なんて降っていなかったのに、まるで子供が水遊びでもしたのかのようにそこだけ妙に地面が湿っている。

嵐士は恐る恐る近づいた。すると、先程の位置からは見えなかったが、近くになにかを引きずった跡のようなものも見える。その跡は、ゆっくりと弧を描き、公衆トイレの後ろまで延びていた。

嵐士は、ゆっくりとその線をたどる。そして、トイレの裏に行き着いた時、思わず口を押さえた。

そこには女性が倒れていた。白目をむき、長い髪を扇のように広げている彼女は、唇の端に泡を浮かべて、事切れていた。

その女性は昨晩夢の中で嵐士が殺した女子高生だった。

3

「いい加減にしろ！」

机を、バン、と叩かれて、嵐士は飛び上がった。目の前の大男――尾崎剛志はこちらを見つめながら凄んでいる。テレビドラマでしか見たことがない四畳ほどの狭い取調室には、嵐士と尾崎、それと供述調書を作成する女性の刑事しかいない。尾崎の怒鳴り声と女性のキーボードを打つ音が交互に聞こえる空間の中で、嵐士は身体を小さくした。

遺体を見つけた後、嵐士はすぐに一一〇番に電話した。救急ではなく警察を呼んだのは、彼女がどこからどう見ても死んでいたからだ。

すぐさま駆けつけた警察官は、遺体を確認し、嵐士を取り囲んだ。嵐士一人に対し、警察官は四人。逃げたいわけではないが、完全に逃げ道を塞がれたという感じである。

そして、そのまま最初の聴取が始まった。

名前と年齢。身分証を提示させられ、威圧的に彼らは嵐士に詰め寄った。

『貴方はどうしてここに？』

『えっと、朝の散歩で……』

『こんな早朝に？』

『ちょっと、夢見が悪くて目が覚めてしまったので』

『どうして、こんなところを覗いたんですか？　外からは見えないところでしょう？』

『えっと、なにかを引きずったような跡があったので、それを辿って……』

夢のことは言わなかった。言っても誰にも信じてもらえないと思ったし、むしろそれは自白に近い捉え方をされると思ったからだ。だって『昨晩、この女性を殺す夢を見たので、遺体があるか確かめに来ました』なんて、もうほとんど罪の告白じゃないか。

『引きずったような跡があったから、あそこに死体があると思ったと？』

『……えっと、はい』

『普通は、引きずったような跡があっても死体があるだなんて思わないのでは？』

『それは、その、失禁したような跡もありましたし』

嵐士がちらりと地面に広がったシミを見ながらそう言うと、聴取していた警察官の顔がとたんに険しくなった。

『どうしてあれが、失禁した跡だとわかったんですか？』

『あ……』

しまった、と思ったときにはもう遅く、周りを囲んでいた警察官たちはさらに一歩ずつ嵐士に近寄ってきた。まるで人間の壁だ。

先ほどの失言を取り戻そうと何か言葉を探しているうちに、手首を摑まれる。

『少し、署にて話を聞かせていただけますか？』

もちろんＮＯとは言えるはずがなかった。

そして、この状況である。

尾崎と名乗った目の前の刑事は、取調室に入ってきた瞬間から嵐士のことを犯人と決めつけていた。嵐士は、もうこれ以上余計なことを言わないように黙っていたのだが、そんな態度は余計に尾崎を苛立たせるらしく、彼は何度も脅すように机を叩きながら声を張っている。

「いいかげん、本当のことを言ったらどうなんだ！」

「だから、俺は——」

「俺はなぁ、一線を越えるやつってのがわかるんだよ。お前のその目は一線を越えるやつの目だ！　間違いねぇ」

「そう言われましても……」

正直、どうすればいいのか分からなかった。このまま黙っていても自分の状況は悪くなっていくばかりだろう。警察はもう嵐士を殺人犯として見ているし、それを裏付けるための証拠集めもはじめているかもしれない。そう思うと、冷や汗が止まらなかった。

「おい！　聞いているのか！」

また机を、バン、と叩かれて、全身がぴんと伸びた。

その時――

「失礼するよ」

その声は張っているわけでもないのによく通った。声のしたほうを見ると、扉の向こうに私服姿の綺麗な男性が立っている。年齢は二十代半ばに見えるが、ミステリアスな雰囲気もあり、年齢不詳というのが正しい気がした。

ふわふわの茶色い髪の毛に、長い手足。切れ長の目は常に微笑んでいるように見える。長い外套(がいとう)のポケットに両手を突っ込んで、彼はこちらに向かって一つ笑みを濃くした。

「凪(なぎ)……」

突然現れた男性に、尾崎は頬を引きつらせた。その姿は、天敵を目の前にしたマングースのように見える。

凪と呼ばれた男性は、尾崎を一瞥したあと、嵐士に視線を移した。そして、目を細める。その視線に少しだけ薄ら寒いものを感じた。

「なんで、お前が……」

「この件は正式にうちの管轄になったんだよ。だから、その子をうちで貰い受けようと思ってね」

「なに寝ぼけたことを言ってやがる！　こいつはな、ウチのもんだ。後からしゃしゃり出て手柄だけもらっていこうなんて、お前、頭がおかしいんじゃねぇのか？」

「寝ぼけているのは君だろ、尾崎くん」

「は？」

凪は自分の右頬をぽんぽんと叩いてみせた。

「頬にインクがついているよ。多分ボールペンのインクだね。もしかして昨日から署に泊まり込みかな？　きっと書類を書きながら寝ちゃったんだろうね。でも、書類の上で寝落ちするのは感心しないな」

凪の言葉に、尾崎は自身の頬に手を当てたあと、羞恥に頬を赤くした。

「あ、朝についたって可能性もあるだろうが！」

「つまり、朝から一度も鏡を見なかったってこと？　それならそれで寝ぼけてるよ。

そのインクの跡、他人からは伸びた無精髭で見えないかもしれないけど、自分が鏡で見たらさすがにわかるからね」

尾崎の身体が震える。

嵐士はそのやり取りを見ながら、目を丸くしていた。先程まで間近で尾崎の顔を見ていた嵐士だって、頬のインクの跡なんて気が付かなかった。

「それに君。もしかして彼が、あの女子高生を殺した犯人だと思ってるのかい？」

その言葉に尾崎が気色ばむ気配がした。嵐士の手前「そうだ」とは言えないのかもしれないが、彼がそう思っていることはこれまでの事情聴取からも明白だった。

「それは早計すぎるんじゃないのかな？」

「なに言ってるんだお前――」

「少なくとも、この報告書を見てから考えても遅くはないと思うよ？」

そう言って凪が出してきたのは一つの封筒だった。後ろには若い刑事がいる。彼はオロオロと凪の背中のあたりをさまよいながら、「かえしてくださいよぉ」と情けない声を上げている。もしかすると、書類は元々彼が持ってきたものなのかもしれない。

「そちらの鑑識によると、どうやら被害者女性の服から指紋が採取できたみたいだよ。該当者もいたみたいだね。これは――」

「貸せっ！」

尾崎は男から書類をひったくった。

そしてまじまじと見たあと、舌打ちをする。

「それに彼は、通報する五分前に公園近くの坂道をのんびり歩いているところを近くの防犯カメラに撮られている。彼がそこから猛ダッシュしたとして、たった五分で女性を殺してトイレの裏に隠すのはちょっと現実的じゃない気がするね」

「女性が殺されたのは深夜一時だ。殺してすぐに通報したわけじゃない」

「だとしたらもっとありえないよ。彼の自宅から公園までは必ず防犯カメラのある道を通る。その時間、彼はどこにも映ってないからね」

尾崎は鋭い眼光で凪を睨(にら)みつけた。

「言っておくが、俺はアイツを容疑者から外したわけじゃないからな」

「わかってるよ」

尾崎は嵐士に一瞥もくれることなく、凪を押しのけるようにして取調室から出ていった。オロオロしている若手刑事の頭を平手でぺしりと殴るのが、開け放たれた扉の奥に見える。調書を作成していた女性刑事もため息を一つついたあと、「失礼しました」と頭を下げ、取調室から出ていった。

騒がしい連中が去り、凪はそこで初めて嵐士に微笑みかけた。

「はじめまして、神代嵐士くん。大変だったね」

凪に引き取られるという形で警察署をあとにした嵐士は、彼の後をとぼとぼと歩いていた。凪は「ついておいで」と言ったきり、なにも説明はしてくれない。自分はもう容疑者ではないらしいので、本来ならば「それじゃ、俺はここで」とその場を辞してもいいはずなのだが、彼の妙な雰囲気がそれをさせてくれなかった。

——これから俺、どうなるんだろう。

『この件は正式にうちの管轄になったんだよ。だから、その子をうちで貰い受けようと思ってね』

凪は取調室に入ってきた時、そう言っていた。

管轄という言葉が出るということは、彼は警察内でも尾崎とは違う部署にいる人間ということだろう。もしくは、警察ではない別の組織の人間か。どちらにせよ、どうして彼が嵐士を『貰い受ける』という話になるのだろうか。容疑は晴れたと思っていたが、もしかして実はまだ疑われているのだろうか。

「あの、俺は今からどこに連れてかれるんですか？」

嵐士はこらえきれずそう聞いた。すると前を歩いていた凪がこちらを振り返る。

「どこに行こっか」

「目的地、決まってないんですか？」

「うん。まぁ、広くて人がいそうにないところならどこでもいいんだけどねぇ」

「それなら、ファミレスとか、入りますか？　平日の昼間なんて、さほど混んでいないと思いますけど……」

「うーん。それだと荒事になったとき困るだろう？」

「荒事？」

ものすごく不穏な言葉が聞こえたが、言った本人はとても涼しげに微笑んでいる。だから嵐士は聞かなかったふりをした。

聞いてもどうせはぐらかされるような気がしたからだ。出会ったばかりの凪のことを嵐士はまだ何もわかってはいないが、こういう質問に素直に答えてくれる人物ではないということは、尾崎とのやり取りでなんとなく察していた。

それに、朝からとんでもないことに巻き込まれてしまったという気疲れから余計な会話をする余裕があまりなかったというのもある。

――早く帰りたいな……。

嵐士はそんなことを考えながら、視線を少し前に向けた。そこには横断歩道があり、ランドセルを背負った小学生の男女が数人、じゃれ合いながら渡っていた。

「危ないなぁ」

そんな言葉が漏れたのは、横断歩道に信号がついていなかったからだ。しかし、道幅は広く、先の見通せる道路なので、あまり心配はいらないのかもしれない。

そうして、嵐士が何気なく視線を外したその時だ。キキッと甲高いブレーキ音が聞こえた。それと同時に顔を戻すと、一台の乗用車が、横断歩道を渡っている子供の列へ突っ込もうとしていた。居眠りでもしていたのか、それとも夕日のせいで子供たちが見えなかったのかは分からないが、運転手は驚いた顔でハンドルを握っていた。

そこから先はすべてスローモーションだった。

突っ込んでくる車。遅れて気がつく子供たち。

驚いた凪の表情。駆け出した自分の足。

車のバンパーが、腰を抜かししゃがみこんでしまった女の子に迫る。

嵐士は必死に腕を伸ばす。

「――っ！」

金属同士がぶつかって、空に突き抜けるような破壊音がその場にこだました。ガラスが割れる音と、人々の叫び声。その直後から断続的に鳴り響くクラクションの音。

目を開けて最初に飛び込んできたのは、夕日で真っ赤に染まる空だった。どうやら仰向けになっているらしい。次いで、傾いた電柱とそれにぶつかった乗用車。運転席からよろよろと人が出てきて、膝(ひざ)をつく。運転手の様子に、嵐士は安堵(あんど)の息を吐いた。どこかぶつけているかもしれないが、ひとまずは無事のようだ。

そして最後に、嵐士は自分の腕の中に視線を落とした。

「大丈夫？」

道路に背中をつけたままそう尋ねると、黄色い帽子を被った女の子がこちらを呆然と見たあと、目を二、三度瞬かせた。それからゆっくりと首肯する。

「そっか。よかった」

そう言って微笑むと、女の子の頬がほんのりと赤く染まる。嵐士は身体を起こして立ち上がると、少女をゆっくりと地面に降ろした。それと同時に凪が駆け寄ってくる。

「大丈夫⁉」

「あ、はい。怪我はしてないみたいです」

「君は？」

「あ、俺の方も問題ありません」

心配されたことが嬉しくて、笑みを浮かべながらそう言えば、凪は「でも服の方は無事じゃないみたいだね」と嵐士の脇腹を指さした。彼の指をたどるように視線を向けると、目に飛び込んできたのは自身の肌だった。よく見ると、服がこれでもかというほど破れてしまっている。「え⁉」と声を上げながら確かめれば、背中の部分も服が破れて無くなっていた。どうやら、まるでヤスリのように道路のアスファルトが嵐士の服を全部削り取っていったらしい。背中が丸見えだ。これではまるで童話の金太郎がしている赤い腹掛けのようである。いや、破れたのは上着だけなのでお尻は出ていないが。それでも気分的にはさほど変わらない。

嵐士は羞恥で頬が熱くなるのを感じた。それと同時に遠くから救急車のサイレンが聞こえてくる。どうやら誰かが呼んでくれたらしい。警察車両も道路の向こうに見えた。本日二度目のご対面だ。

嵐士はそれらを見ながらほっと息をついた。安堵したのだ。それと同時に――

ぐぅぅぅぅぅぅ

大きな腹の音が、その場に轟いた。

目の前にいる凪にも、子供にも聞こえていただろう音に、嵐士の顔は熱くなった。

そういえば、朝からなにも食べていなかった。嵐士が事件に巻き込まれたのは朝食を買いに行こうと家を出てすぐのことだったのだ。

視界の隅で凪の肩が震える。見れば、口元に手をやり彼は破顔していた。凪は、自分の長い外套を脱ぐと、嵐士の肩にかけた。そして、先程よりも少しだけ優しくなった声でこう言った。

「とりあえず、食事にしようか。――ついておいで」

優しく目を細めて、凪はまた歩き出す。嵐士は貸してもらった外套に腕を通しながら、やらかしてしまった自分の腹を撫でつつ、彼に大人しくついていくのだった。

案内されたのは、二階建てのおしゃれな洋館だった。赤い瓦と、かまぼこ形に切り抜かれた窓。わざと茶色くくすませたのか、はたまた経年劣化でそうなっているのかわからない木の看板には白い文字で『CALM』と書かれている。おそらくカフェなのだろうとは思うのだが、外側から見える大きな窓にはロールカーテンが引いてあるし、扉には『CLOSE』の札がかけられていた。

「……閉まってますね」

少し残念に思いながらそう零すと、凪は微笑んだ。

「大丈夫。今開けるよ」

そう言って彼は懐から小さな鈴のついた真鍮色の鍵を取り出した。意匠的にはきれいだが、防犯面では心もとないそれを、凪は扉の鍵穴に入れて回した。すると、思った以上に重たい解錠音が嵐士の耳にも届いた。

「え。ここのカフェ――」

「うん。趣味でやってるんだ」

そのまま凪は建物の中に入っていく。嵐士は後を追った。

「凪さんって、警察の人じゃないんですか？」

「違うよ。確かに、国の組織には属してるけどね。でもまぁ、割と自由な身の上だから、こういうこともやらせてもらえてるんだよね」

凪が明かりをつけると、目に飛び込んできたのは壁一面の本棚だった。中にはびっしりと本が詰まっている。そして、小さなカウンターと丸テーブルが三つ。奥には四人で座れるような四角いテーブルも置いてある。さっきはカフェと言ったが、この店内を見る限り、ブックカフェというのが正確なのかもしれない。

凪がロールカーテンを上げると、夕日の沈む瀬戸内海が輝いていた。西日が床に長く尾を引いている。

「素敵なお店ですね」

「そうかい？　ありがとう」

凪は嵐士をカウンター席に案内して、自分は奥に回った。そして手洗いを済ませ、カウンターの下を探る。ガバ、という冷蔵庫などを開けるとき特有の音がする。

「ちょっと待っててね。確か、まだ残っていたと思うから」

なにが、と問う前に、目の前に皿が置かれた。その上には何層にもクレープ生地を重ねたミルクレープがある。

「これ……」

「余り物だけど、よかったら」

「いいんですか？」

嵐士の問いに凪は頷いた。そうしてカウンターの上に肘をつく。まるでこちらを観察するような凪の視線を受けながら、嵐士はミルクレープをフォークで切り分け、口に運んだ。すると、久しぶり、もしかしたら数年ぶりかもしれない生クリームの甘みが舌を刺した。重なったクレープの食感も楽しい。

「どう？」

「……美味しいです。すごく」

上手な言い方ではなかったが、頭の中に浮かんだ感想を率直に述べると、彼は嬉しそうに微笑んだ。その表情に、声色に、口の中の生クリームの甘さに、身体の芯が弛緩した。先程までは、尾崎ほどではないが嵐士は凪を警戒していた。しかし、彼の穏やかな表情を見ていると、どうしても彼が自分を傷つけるとは思えなくなっていた。

「それで、その、なんで俺をここに連れてきたんですか？」

見られているのもたまらなくて、嵐士はフォークを口に運びながらそう聞いた。

凪は小首をかしげる。

「なんでって、お腹が空いてそうだったから？」

「話を聞くため、とかじゃないんですか？」

「なにか話してくれるの？　それとも、話したいことでもあるの？」

話したいこと。そう聞かれると一つしかなかった。

三ヶ月間、嵐士を悩ませているもの。人を殺す夢。

けれど彼は、嵐士の話を真面目に聞いてくれるだろうか。茶化すことなく、現実のものとして、真剣に、親身になってくれるだろうか。いや、それはさすがに無理だろう。こんなこと、信じられるはずもない。人を殺している夢を見る、だけならまだしも、同じ場所で死体が見つかったというのは、ちょっと現実離れしている。

でも——

嵐士が顔をあげると、どこまでも吸い込まれそうな二つの瞳が、こちらをじっと見つめていた。気がついたら、嵐士は口を開いていた。

「……夢を、見るんです」

「夢？」

「人を殺す、夢です。右目がこの色に変わった日から——」

そう言って嵐士は右目の眼帯を取る。瞬間、凪が僅かに息を呑んだような気がした。

そこから、凪に目の色が変わってしまった経緯と、人を殺す夢の話をした。

凪は終始黙って話を聞いていた。茶化すことも笑うこともしないその姿勢に、嵐士は前のめりになって話をし、気がついたら三十分以上も一人で話し続けていた。

「つまり、だから今日の遺体も見つけられた、と」

「はい。……って、信じられませんよね、こんなこと」

我に返り、嵐士はそう言って頬をかいた。凪が黙って聞いてくれたからか、話さなくてもいい余計なことまで話してしまったような気もする。

「いや、信じてないなんてことはないよ。むしろ、共鳴だと考えれば――」

凪が考え込んだ時だった、先程二人が入ってきた扉の方から、チリンチリン、と音がした。それがドアについた鈴の音だと気がつき、嵐士はふり返る。そこには、一組の男女がいた。手には何やら袋を持っている。量からして、買い物ついでにカフェに寄った客ではなさそうだった。『CLOSE』の札がドアにかかっているのにもかかわらず入ってきたことを考えるに、おそらく彼らは店員で、手に持っている袋は買い出しの品なのだろうということが想像できた。二人のうち、嵐士より少し年上だろう男が、こちらの方を見た。嵐士は慌てて椅子から立ち上がる。

「あ、お邪魔して――」

次の瞬間、男が消えた。否、あまりにも速く動きすぎて目で追えなかったのだ。

首筋にひんやりとした感触。気がつけば男が嵐士の首筋にナイフを押し当てていた。男の瞳孔(どうこう)は開いており、殺意を全く隠していない。

「現(うつつ)、羅夢(らむ)、まだ殺したら駄目だよ」

凪がカウンターの向こうでほほえみながらそう言う。その言葉が聞こえたと同時に背後で気配がした。恐る恐る首だけで振り返ると、両側に刃の付いた大斧(おの)をこちらに振り下ろそうとしている少女がいた。ツインテールを揺らしている彼女は、十六歳かそこらに見える。大斧の刃はあと数ミリで嵐士の頭をかち割ってしまうだろうところまで近づいていた。

嵐士の全身からぶわっと冷や汗が噴き出た。

錆(さ)びたブリキ人形のような緩慢な動きで、嵐士は首をぎこちなく動かし、凪の方を見る。そこで凪は初めて嵐士の方を見た。

「神祇(じんぎ)庁広島支部へようこそ。そして――」

凪の口角がきゅっと上がる。その笑みに、ぞわりと背筋が粟立(あわだ)った。

「さよなら、嵐士くん。ここが君の死に場所だ」

4

人は見かけによらないと言うけれど、ここまでの裏切りを受けたのは、人生で初めてだった。

嵐士は麻のロープでぐるぐる巻きにされた状態で、椅子に座らされていた。

目の前には凪を含めた三人がいる。嵐士より少し年上に見え、ナイフを首筋に突きつけてきた青年の名前は現で、嵐士の後ろで大斧を振り下ろそうとしていた少女の名前は羅夢というらしい。

凪は出会ったときと変わらない表情だったが、現と羅夢はまるで害虫でも見るような目で嵐士を睨みつけていた。

「あ、あの、俺はなにをやってしまったんでしょうか」

嵐士は震える声を出す。

まったくもって、なんでこんな事になったのかわからない。警察から殺人犯に疑われる理由はあっても、ナイフで首を掻っ切られ、大斧で頭を割られそうになる理由はどこにもない。少なくとも嵐士には思いつかなかった。

嵐士の疑問に答えたのは、意外にも凪ではなく、現と呼ばれた青年だった。

彼はこの世の侮蔑をすべて煮詰めたような声を出す。

「お前がなにをやったかは知らねぇけど。殺される理由には心当たりがあるだろ。……そんなんになってんだから」

「え、そんなん？」

「何人殺したの？」

今度は羅夢にそう聞かれ、嵐士は意味がわからないとばかりに「はい!?」と声を上げた。もちろん誰かを殺したことはない。そして、これからも殺す予定はない。

――殺す夢は見るけども。

そんな気色ばむ二人をとりなすように、凪が口を開く。

「まぁまぁふたりとも。そんなに凄むと嵐士くんも怯えちゃうよ。まだ彼は自分の状態にも気がつけてないみたいだし」

凪は嵐士にケーキを出してきたときと変わらぬ声色と表情で近づいてくる。

「単刀直入に言うとね。君は、鬼になってしまったんだ」

「は？　お、おに？」

「そう、鬼」

「おにって、あの、角の生えた？　鬼ですか!?」

「まぁ、そうだね。一般的なイメージはそれで間違いがないかな。まぁ、僕らが言っている鬼は、もっと広義的なものだけれどね」

脳裏に虎の毛皮を腰に巻き付けた二本角の鬼の姿が浮かぶ。

嵐士の頭には当然角は生えていないし、服だって虎柄ではない。

正直、彼らはなにを言ってるんだろうと思う。こんな科学文明の発展した現代で、鬼って。今は令和だぞ。平安時代じゃないんだぞ。

そう思う傍らで、嵐士は三ヶ月前に出会った銀髪の男を思い出していた。

彼の頭にも角は生えていなかったし、服装もそこら辺を歩いている人とまったく変わらなかったが、嵐士は彼のことをどうしても人だとは思えなかった。少なくとも、鬼か人かと問われたら、嵐士は彼を鬼側に振り分けてしまうだろう。それぐらい彼の存在感は異様だった。

嵐士が彼らの言葉を飲み込めないでいると、凪がぐっと顔を近づけてくる。

「ねぇ、嵐士くん。『魔が差した』という言葉を聞いたことはないかい？」

「それは、ありますけど。あれですよね、悪いことをしてしまった人がよく言うやつ。悪魔に囁(ささや)かれた、とか、そういう意味で使う言葉ですよね？」

「そうそう。その意味であってるよ」

凪は、まるで教師が生徒を褒めるようにそう言って頬を引き上げた。

「魔――つまり、人の心を迷わし悪に引き入れる、この世ならざる異形のもの。僕らはね、それを回収する仕事をしているんだ」

「魔を回収？」

「魔が差した人間は、己の欲望の赴くまま犯罪を起こす。金が欲しければ人から奪い、邪魔な人間がいれば殺す。そうして罪に手を染めているうちに、魂は傷つき、魔はどんどん成長してしまう。そして、それが限界に達すると、人は異形の姿に変わってしまうんだ。それが――鬼」

凪の長い人差し指が、すっと嵐士を指す。

「そう、今の君みたいにね」

凪はそのまま、嵐士の右目の縁をなぞった。

「鬼になってしまうと、もう二度と人間には戻れない。そうなったらもう殺すしかなくなるんだよ」

「ころ――」

そこでようやく嵐士は自分がどうして殺されかけたか理解した。

経緯はよくわからないが、どうやら自分は彼らに鬼だと思われているらしい。そしてそれが理由で殺されかけている、と。つまりここですべきことは、自分が鬼ではないと証明することだ。

「ちょっと待ってください！　俺は鬼なんかじゃ――」

言った瞬間に、頬がピッと音を立てて切れた。そして、何かが流れる感覚。これはもしかして、もしかしなくても、頬が切られたのではないだろうか。

そばにはナイフを持った現がいる。手にあるナイフには思った通り血がついていた。

「馬鹿言うな。そんな速度で怪我が治るやつが人間かよ」

その言葉に、嵐士は混乱した。確かに頬を流れる血の感触がもうない。というか、もう痛みも感じない。

――もしかして、三ヶ月前に通り魔に刺されたときも？

腹部に刺し傷がなかったのは、怪我をしなかったんじゃなくて、怪我が治ったから、だったのだろうか。

そして、芋づる式に嵐士は、夕方に暴走する車から小学生を助けたときのことを思い出す。少女を助けたあと、嵐士の背中の服はごっそりなくなっていた。今までは気にならなかったが、あの状態で背中を全く怪我しないなんてことあるのだろうか。

「で、いつ処分するんだ？」

現があまり興味なげに凪にそう聞いた。

瞬間、嵐士の背筋が伸びる。身体も緊張で硬直した。

「それなんだけどね。実は、ちょっと迷ってて」

「は？」

「ねぇ、嵐士くん。僕らに協力する気はない？」

「え、協力？」

「凪！　お前、何言って――」

思わずといった感じで、現が反対の声を上げる。

「彼には力がある。おそらく、魔に共鳴して同じ視界を共有する、という力がね。能力はひどく限定的だけど、使い方によっては、魔が格段に見つけやすくなると思うよ」

「……だとしても、受け入れられない。鬼になってるってことは、少なくとも人を一人以上は殺してるはずだから」

そう言ったのは羅夢と呼ばれた少女だった。彼女はこちらを静かな瞳で見つめている。そこに現のような怒りは見えなかったが、果てしない侮蔑は見て取れた。

「でも、僕らは彼が誰を殺したのかを知らない。知らないことで相手を判断するのは、僕はどうかと思うな」

「だけど――！」

「それに、彼はおそらく酒呑童子に会っている」

瞬間、二人の目の色が変わったのがはっきりとわかった。

そんな二人に怯えながら、嵐士は首を傾げる。

「しゅ、しゅてん？」

「酒呑童子は、かつて丹波国と丹後国の境にある大江山にいたとされる鬼の名前だよ。僕らはいろいろな種類の魔を回収しているんだけどね。その中で最も優先順位が高いのが、酒呑童子の身体ってわけなんだ」

「身体？」

「酒呑童子はね、歴史上最も恐れられた鬼だ。退治されたときに首を切られ、残りの身体は火葬したとされている。だけど、五百年前、酒呑童子はもう一度受肉した。一人の子供の身体を依り代にしてね。それだけならまだ良かったんだけど、火葬のときに灰や煙になって空気中に溶け込んだはずの酒呑童子の身体が活性化をしてしまったんだ。それらは寄り集まって、いくつかの塊となり、人を惑わす魔となった」

凪の目が細められる。口元は笑っているのに、酒呑童子の話をする時の彼はゾッとするほど恐ろしかった。

「僕らはね、酒呑童子と身体の取り合いをしているんだ。アイツは己の身体を取りもどすため、僕らはそれを阻止するためにね。そして、君が出会った銀髪の男こそが、受肉した酒呑童子。五百年前に復活した、身体を求めてさまよう亡霊だ」

凪の長い指が、嵐士の金色になってしまった右目の下を撫でる。

「嵐士くん。君のその目はね、おそらく酒呑童子の右目だ。つまり、酒呑童子は必ずまた君に会いに来る。アイツが右目をそのままにしておくわけがないからね」

「でもなんで、こいつに右目を？」と現。凪は肩をすくませた。

「さぁ、こればかりはわからないね。なにか理由があるのは確かだろうけど……」

現と羅夢の視線が嵐士に集まる。二人の鋭い視線を受けて身体を強張らせる嵐士の肩を、凪が後ろからギュッと掴んだ。

「二人とも、使えるものは何でも使っていこうよ。それが僕らの理念でしょう？」

反対の声は上がらなかった。

凪は二人に微笑みを見せたあと、今度は嵐士に視線を向けてきた。

「で、嵐士くんはどうする？　今ここで死ぬか。協力するか。君に残された選択肢は二つに一つ。どちらを選ぶかは君の自由だよ？」

それは選択肢がないのと同じだった。


「ということで、今日からお世話になります……」

そう頭を下げたが、目の前の現は嵐士の言葉になにも返そうとはしなかった。

顔がこちらを向いていないところを見るにやはり相当嫌われているようだ。

嵐士がいるのは、カフェの二階にある一室、その扉の前だった。どうやら先程の三人はこのカフェの二階で共同生活しているらしい。

五つの個室に、共有スペースとして使われる広いリビングダイニング。中央には大きなテーブルといくつか椅子が置かれており、空間の端の方にはソファやいわゆる人間を駄目にするクッションなんかも置いてあった。見たことはないが、きっとシェアハウスというのはこんな感じなのだろう。そう思ってしまうような住空間だった。

そして、今日から嵐士もこの空間に加わることになった。

嵐士としてはアパートに帰りたい気持ちが大いにあるのだが、彼らの中で嵐士はもう立派な犯罪者で、鬼ということらしい。つまり、これは共同生活という名の下の監視である。今まで住んでいた1Kのアパートは来週にでも引き払うとのことだった。

「凪がああ言うから生かしておいてやるが、変なことは考えるなよ？　くれぐれも逃げようなんて考えるな。いいな？」

「あ、はい……」

返事をすると、現は舌打ちして踵を返した。最初から最後まで徹底してゴミ虫を見るような目だった。これは、さすがにちょっとへこんでしまう。

嵐士は現の姿が見えなくなってから、あてがわれた個室に入る。あんなやり取りの後だったので、一体どんな部屋が用意されているかと身構えたが、扉を開けてみると意外に普通の部屋だった。シングルサイズのキレイなベッドに、シンプルなワークデスクと椅子。

鬼だなんだと言われたが、一応人として扱われはするらしい。

嵐士は先ほど大慌てでアパートから持ってきた、衣類やらその他諸々やらが入ったリュックを床に置き、ベッドに仰向けになった。

「なんか、大変なことになったたな」

そう呟いたが、正直、何が大変なことになったのかもよくわからない状態だった。わかっているのは、自分が人じゃない何かになってしまったらしいことと、自分の存在意義を示さなければ、近い将来殺されてしまうだろうということだけ。

嵐士は部屋を照らすＬＥＤの明かりをじっと見つめながら、数時間前に聞いた凪の言葉を思い出していた。

『とりあえず、明日(あした)からは君が巻き込まれた例の事件を調査することにしよう。君が夢に見たということは、鬼が事件に関わっているのは間違いなさそうだからね』

『しっかり励んでね。これで実力が見せれないと、こう、だから』

凪は楽しげにそう言って、首を横切るように親指で線を引いた。

頼むから、そんな軽々しく人の死を予告しないでほしい。

「ま、とりあえずやってみるか」

なんとしても生き延びたいわけではないが、死にたいわけでもない。

チャンスをもらえたのならば、それは生かすべきだろう。

「それに、必要と、され、てるわけ、……だしな」

その声は、自分が聞いてもぼんやりしていた。ベッドに横になっているからか、眠気が足元から這(は)い上がってくる。頭も重いし、身体はもっと動かなかった。

人を殺す夢を見ませんように。

そう願って嵐士は目を閉じた。

5

翌日は、幸いなことに晴れだった。

「それじゃ、行こうか！」

「あ、はい」

凪に導かれるように嵐士はカフェを後にする。現は最後まで二人だけで外に行くことに不満げだったが、凪の「だって現がついてきたら嵐士くんのこと警戒しすぎて落ち着かないからさ」という言葉でおとなしくなった。三人の中で序列があるわけではなさそうだが、この関係性を見るに凪の発言権は強いのだろう。

最初に赴いたのは遺体が見つかった公園だった。見つかったのが昨日のことなので、公園の入り口には黄色いテープが張られており、まだ一般人は立ち入りが禁止されていた。しかし、どうやら凪のことは伝わっているらしく、立っている警察官に目配せをしただけで、二人はすんなり通してもらえた。

もちろん嫌な顔はされたが……

「ここで何をするんですか？」

「僕たち流の現場検証だよ。本当に鬼がこの事件に関わっているか調べようと思ってね」

遺体が見つかった場所には、もう刑事も鑑識らしき人間もいなかった。どうやら昨日のうちに調べるところは調べ尽くしたらしい。

凪は持っていた紙袋から銀色の筒を取り出した。大きさは卒業証書を入れる筒と変わらないぐらいで、表面には細かな細工がしてある。光に照らすとキラキラと煌くそれの中から、凪は一本の緑色の棒のようなものを取り出した。よく見るとそれは植物の茎だった。先端には蕾のようなものが見えるが、嵐士にはなんの花なのか分からない。

「それ……」

「まぁ、見てて」

凪は人差し指と親指の腹をスライドさせるようにして、その茎を回した。するとまるで解かれるように先端にあった蕾が大きな花を咲かせる。まるで手品のような所作で咲いた花は、嵐士も知っているものだった。

「白い、彼岸花？」

凪は彼岸花を遺体のあった場所に近づけた。すると、花弁の先端からまるで血を吸ったかのように赤く染まっていく。

「やっぱり鬼の仕業だね。間違いない」

「それで解るんですか？」

「うん。現が作ったものなんだけどね。鬼や魔の気配に反応して花が赤く染まるんだよ。こういう場所には一日から二日ぐらいは気配が残っているものだからね」

それらは全国の警察署に配られており、これが赤く染まると凪たちのところに連絡が来るようになっているらしい。

「昨日もこれが赤く染まったから、僕のところに連絡があったんだよ。それで、警察に行ったら、これでもかと鬼の気配を撒き散らしている君がいてさー」

けれど捕まった鬼はどうにも無実そうで、逆に興味を持ったらしい。

——つまり、凪さんは最初は俺のことを殺しに来ていた、と。

どうりで広くて人がいないところに連れて行こうとしていたはずである。

嵐士は真っ赤に染まった花をまじまじと見る。

「この花、鬼の気配に反応してるんですよね？　もしかして、俺の気配に反応しているとかじゃありません？」

「昨日のはそうだったかもね。でもこれは、現が作り直してくれたものだから」

「現さんが？」

「嵐士くんの気配には反応しないように作り直してもらったんだよ。急ピッチでね」

今朝、朝食を食べていた現がなんとなく寝不足のように見えたのだが、もしかするとそのせいだったのかもしれない。

「そう言えば、昨日から思っていたんですが、凪さんたちって結局何者なんですか？　こんなものも作れるし、超能力者、とか？」

嵐士の質問に、凪はぷっとふきだした。

「そうだね。超能力者という言葉は色々な意味を内包しているから、それでも間違いってわけじゃないけど。より芯を捉えるなら『術師』や『陰陽師』という言葉が正しいかな？」

「おんみょうじ⁉」

　またまた非現実的な言葉が出てきて、素っ頓狂な声が出た。

「でもまぁ、僕らはもう本来の意味での陰陽師からはかけ離れすぎちゃってるから、『鬼や怪異に対処できる不思議な力を持った人たちの集まり』って認識で大丈夫だよ」

「神祇庁でしたっけ？　凪さんがいる組織って」

「うん。怪異がらみの事件に対処するための専門の機関。表向きの歴史ではもうなくなってるはずの機関だから、庁って付いてるけど聞き覚えはないよね」

「なくなってるはず？」と嵐士が首をかしげると、凪はまるで子どもに教えるかのように人差し指を立てた。

「神祇庁はね、かつては神祇院と呼ばれていた機関なんだ。第二次世界大戦敗戦後に廃止されかけたんだけど、どうやっても起きてしまう怪異がらみの事件に対処するために、『神祇院』から『神祇庁』に名前を改め、秘密裏に残されることとなったんだよね」

「な、なるほど？」

「この辺のことは、現のほうが詳しいよ。あいつは元々本部出身のエリートだからね。聞けば陰陽寮のこととか、それが廃止され神祇院に吸収された後の歴史とか、色々教えてくれるよ」

凪はそう言うが、現が自分にそういったことを教えてくれる状況が思い描けない。彼からの視線には常に殺意がこもっているのだ。それが今後変わるとはなかなか思えなかった。

嵐士の表情から心の内を察したのだろう、凪は頬を持ちあげた。

「大丈夫だよ。あいつは案外、面倒見がいいし。嵐士くんとも相性が悪いってわけじゃないだろうから。まぁ、あいつは根っからの鬼嫌いだからね。最初は許してやって」

凪はそう言いつつ、彼岸花を持ちあげた。すると花の色は一気に失われ、元の白い花に戻ってしまう。

「それって、鬼の気配に反応するんですよね？　なら、それを持って歩いていたら、街中でも鬼を見つけられるんじゃないんですか？」

「それは、無理だね」

凪がくるりと茎の部分を回すと、花びらが閉じて元の蕾の状態に戻る。それを銀色の筒の中に戻しつつ、凪は嵐士に笑みを見せた。

「そんなに鬼の気配を垂れ流しているのは君だけだからね」

「え？」

「嵐士くんは『鬼』の語源は知ってる？」

当然知るはずのない嵐士は首を横に振った。

「鬼の語源は『穏』。つまりね、彼らは基本隠れているんだ。それは彼らの性質であり、完璧に隠れている状態だと僕らでも人と見分けがつかない。彼らが表に出てくるとき、それは、自分の欲望を叶えているときだけなんだよ」

「欲望？」

「魔が、人間を犯罪に駆り立てて、鬼にさせるってところまではいいかな？」

「はい」

「魔というのはね、超自然的存在の総称なんだ。そこから人にとって都合がいいものを『カミ』、都合が悪いものを『オニ』と区別する。つまり、彼らがどういう存在なのか、ではなく、人にとって好ましいかどうかによって名称を変えているだけなんだ」

突如始まった講義に、嵐士はなんと答えていいか分からず「はぁ」という気のない返事をしてしまう。凪はそんな嵐士にふっと笑みを見せた後、更に続きを話した。

「嵐士くんは神社には行く？」

「はい。行きますよ。お正月とかぐらいですが……」

「そこで何をする？」

「え？　えっと。おみくじを引いたり、お参りで願掛けをしたり……」

「そう。魔は『願い』や『欲望』に敏感に反応するんだ。つまりね、魔は人の願いを叶えてくれる存在でもあるんだよ。そこから『カミ』と『オニ』に分かれてしまうのは、願いの叶え方が違うからなんだ」

「願いの叶え方？」

「君たちが『カミ』と崇める存在は、周囲の環境に影響を及ぼして願いを叶えるものがほとんどだ。それ故に人に害があるとは考えられづらく、崇め奉られやすい。それに対して『オニ』と呼ばれる存在は、人そのものに影響を及ぼして『願い』や『欲望』を叶える。お金が欲しい人間には、人から奪わせて、人に恨みがある人間には、その人間を害させる。それ故に人に害があると判断されやすい」

「つまり、『カミ』も『オニ』も元は同じ『魔』？」

「うん。わかりにくければ、人間っていう一つの種族を男と女に分けるようなものだって解釈してくれればいいよ。まぁ『カミ』と『オニ』には男女ほどの違いもないけどね。あくまで人間が区別するための呼称だから」

わかったようなわからないような気分になりながら、嵐士は曖昧に頷いた。

「……とまぁ、話はそれてしまったけど、つまり、魔は願いを叶えることが基本の性質なんだ。そして、願いを叶えているとき、魔は本来の姿に戻る。その時ばかりは気配を隠すことができないし、姿かたちも異形になってしまうものだっている。君の目が金色なのは、それが君の鬼としての姿なのかもしれないね」

「つまり俺は、隠れることなくずっと鬼の姿でいるってことですか？　なんで……？」

「さぁ。なんでだろうね。もしかすると、それが君の願いだったのかもしれないね」

「俺の願い？」

「君は鬼になったとき、なにを願ったの？」

血を溢（あふ）れさせ、熱を持つ腹部。

乱暴に抉（えぐ）られた目玉。

焼けただれていく皮膚の臭い。

這（は）い寄ってくる死の気配。

「俺は――」

あのとき一体何を願ったのだろうか。

それだけがなぜかまったく思い出せなかった。

6

今回の事件で殺されたのは、永井僚子（ながいりょうこ）。近くにある江波（えなみ）高校の三年生。

彼女は遺体発見二日前の夕方、恋人で容疑者である岸辺健太（きしべけんた）と一緒に出かけ、そのまま行方不明になった。前々から無断で外泊することが多く、彼女の両親は行方不明者届など出していなかった。

警察は、恋人である岸辺健太を重要参考人として行方を追っている。

◆

嵐士と凪が次に赴いたのは、容疑者の家だった。

容疑者である岸辺健太は被害者と一緒に出かけて以降行方が分からず、家の方にも一切連絡は来ていないらしい。スマホも電源が切られていて、そこから捜し出すのも難しいようだった。

なので、容疑者の家に赴いたのは、彼の人となりを知るためというのが大きかった。

岸辺健太の家族は父親一人だけ。兄弟はおらず、母親は離婚して出ていったということだった。

「で、なんでお前たちがいるんだよ」

岸辺家の前でそう低い声を出したのは、いつぞやの刑事――尾崎剛志だった。隣には、凪の後ろで頭を叩かれていた若い刑事の姿がある。オドオドとした様子の彼は凪と嵐士に「月島悠です」と頭を下げた。そのかしこまった態度に尾崎は「こんなやつに頭なんか下げなくていい！」と月島の頭をまた軽く小突いた。

そんな二人のやり取りを見ながら凪が片眉をあげた。

「ここに来た理由は、君たちと一緒だと思うけど。容疑者の父親に話を聞きに来たんだよ」

「……最悪だな」

「まぁ、そう言わないで仲良くしよう。同じ事件を調べている者同士なんだしさ」

凪がそう微笑みかけると、尾崎はまた忌々しげに舌打ちをした。

そのどこからどう見ても二人を歓迎していない態度に、嵐士は凪の脇腹を軽く小突いた。そして、声をひそめる。

「事情聴取の時から思ってたんですが、凪さんってなんで尾崎さんにこんなに嫌われてるんですか？」

「うーん。僕らは魔が関わった事件には多かれ少なかれ首を突っ込んでいるからね。

犯人に魔がついてなくても、例の彼岸花が赤く染まれば話を聞きに行くから」

「んで、コイツらは俺たちが必死に集めた捜査資料なんかを我が物顔で取ってくんだよ！」

「やだなぁ、ただの情報共有じゃないか。そう、カリカリしなくても」

「捜査資料だけならまだしも、時にはこっちが必死になって挙げた犯人まで持ってくだろうが！」

　要するに、尾崎たちからすれば凪たちは事件に首を突っ込んで勝手に捜査資料を持っていき、時には手柄だって横取りする、ハイエナのような相手なのだ。確かに、それはちょっと同情してしまう。

　尾崎は顔を真っ赤にして、凪に人差し指を向けた。

「言っておくが！　俺はお前らみたいなオカルト人間なんてまったく信じちゃいねぇんだからな！」

「別に、君に信じてもらえなくても一向にかまわないよ。情報だけきちんと回して貰(もら)えれば、僕はそれで満足だし」

「お前――！」

　今にも摑(つか)みかかりそうな雰囲気で、尾崎が凪ににじり寄った。そんな彼の腕にすがりつくのは部下である月島だ。

「やめましょうよ、尾崎さん！」

「凪さんも、それ以上煽るのよしましょう！」

嵐士も二人の間に入って喧嘩の仲裁をする。別に凪は少しも怒っていないのだが、相手を怒らせようとしている時点で有罪確定だった。

そんな一触即発の空気を変えたのは、月島でも嵐士でもなかった。

「警察の方ですよね？　家の前で騒ぐのはやめていただけませんか？」

声のした方を見れば、玄関扉から顔をのぞかせた線の細い生真面目そうな男性が、こちらを睨みつけている。おそらく彼が容疑者の父親——岸辺智昭だろう。

「あ、すみません……」

そう言って頭を下げたのは嵐士だけだった。


嵐士たちは尾崎と一緒に家の中に通された。尾崎たちが最初に警察だと名乗ったので、岸辺智昭は嵐士と凪のことも警察の人間だと思ったようだった。

四人は勧められるままリビングのソファに座り、岸辺智昭から話を聞いた。

「アイツには昔から本当に困っていましてね」

岸辺智昭は開口一番にそう言った。その顔には加害者の父親らしい沈痛な表情などは少しも浮かんでおらず、どちらかと言えば怒っているように見えた。

「問題を起こしては、何度も学校や警察から呼び出されていました。その度に、いつか縁を切ってやろうと思っていたんですがね。こんなことを起こすぐらいなら、本当に早く縁を切っていればよかったです」

曰く、岸辺健太は近所では言わずとしれた悪ガキで、幼い頃から万引きやいじめなどを繰り返していたらしい。その悪童っぷりが知られるようになったのは、彼が中学二年生の時。友人何人かを誘い、駐輪場にある自転車に悪戯をしたというのだ。その悪戯というのが、自転車のブレーキワイヤーを切っておくというもので、乗るときに気がついた同じ中学校の男子生徒がそのことを教師に伝え、明らかに意図的に切られたような痕跡があることから学校側も警察に届け、事件化した。それ以来、岸辺健太はずっと警察にお世話になっているという。

「煙草を吸ったり、飲酒をしたりなどはまだいいですよ。勝手にやってることですし、我々にも迷惑はかかりませんからね。ただ、自転車を意図的に壊したり、猫を殺したりというのは、さすがに外聞が悪い」

「猫？」

「噂を知りませんか？　最近この辺でよく犬や猫の死体が見つかるんですよ。それで近所の方は、健太がそれらを殺し回ってるんじゃないかって思ってるみたいです。まあ私も十中八九そう思いますよ。アイツならやりかねないですからね」

嵐士の質問に彼はそう言って頭を抱えた。その様子を見るに彼は本当に息子の悪童っぷりに困っていたのだろう。しかし、嵐士はその口ぶりに妙な違和感を覚えた。

「それで今回のことでしょう？　さすがに引っ越そうかと思っていましてね」

——あぁ、この人
彼は、息子のことを一切心配していないのだ。それどころか被害者に関しても一切悪いとは思っていない。自分の息子が無実だと信じているのならば、その態度もまだ分からないでもないのだが、彼は自分の息子が人を殺したかもしれないと思っていながら、その態度なのだ。

「子が子なら、親も親だね」

凪が嵐士にしか聞こえない声で心の内を代弁する。

彼の口元には笑みが浮かんでいるが、目の奥は冷たかった。

「先日は空き巣に入られ、今回はコレ。もう本当に散々ですよ」

「空き巣に入られたんですか？」

「えぇ、健太の部屋にね。あいつの部屋に金目のものなんてありませんから別に何も問題はなかったですけど。……というか、警察の方には来てもらいましたよね？」

首をひねった嵐士に、岸辺智昭は怪訝な顔をした。

「僕らは彼らとはまた部署が別でして。情報が共有できてなくてすみません」

凪がそう嘘でも本当でもないフォローをいれると、岸辺智昭も納得したようだった。「ちゃんと共有しといてくださいね」という小言は貰ったが、それ以上はなにも突っ込んで聞いてくることはなかった。

それから一時間ほど話したが、結局、岸辺健太の居場所につながるような情報は何も得られなかった。それどころか、岸辺智昭は息子のことに関して本当になにも知らなかったのだ。交友関係はおろか、今回の被害者が息子の恋人だということも知らなかったぐらいである。

「では、健太さんのことでなにかわかりましたら、すぐにお知らせしますね」

「別に、知らせなんていりません。生きていてほしいとも思いませんし、むしろ、あんなことをしでかしたんですから、死んでいてほしいぐらいですよ」

そして、最後にはコレである。

さすがの四人も呆れてなにも言えなかった。

「なんか、無駄足って感じでしたね」

岸辺家を後にしつつ、嵐士はそう言って振り返った。背後には無機質に佇む四角い建物が見える。訪ねる前はきちんとした家に見えていたのだが、今ではただの大きな箱に見えた。きっとあれに家族は入っていなかったのだろう。遺伝子のよく似た他人が共同生活をしていただけ。嵐士には二人がそんな関係に見えた。

「気分がわりぃ。今日は、先に帰るわ」

突然そう言ったのは、先頭を歩いていた尾崎だった。彼は首の後ろをさすりながらこちらを振り返ろうとしない。

「それなら、僕も――」

「お前は一人で帰れ。ちょっと一人になりたい気分なんだ」

ついていこうとする月島を振り切って、尾崎は角を曲がった。警察署とは別方向に歩き出した彼の背中はついてくることを拒んでいた。

「なんか、尾崎さん不機嫌でしたね。家に入るときとは違う意味で」

「多分、あの父親に腹を立てたんだと思います。子供に対して『死んでほしい』なんて言うから」

「まぁ、たしかに不快な人ではありましたけど……」

嵐士もあの父親には好感を持てなかった。しかし、それも眉をひそめる程度だ。それに比べ、尾崎の声と去っていく背中には隠しきれない怒りのようなものが見て取れた。

「尾崎さん、娘さんがいたそうなんですよ。しかも、生きていたらちょうど岸辺健太と同じぐらいの歳の」

「生きていたら？」

「事故で亡くなってしまったそうです。踏切を越えて電車に突っ込んでしまったらしいですよ。僕も直接聞いたわけではないんですが、奥さんも娘さんが亡くなってからすぐに体調を崩して亡くなってしまったみたいです。それからは、仕事一本みたいで」

「そう、なんですね」

なんて返すのが正解か分からず、嵐士はそう言って尾崎が去っていった方向をじっと見つめるのだった。

7

「──で、どうして俺がこんな恰好をしているんですかね⁉」

岸辺家を訪れた翌日。江波高校の校門横で、嵐士は声を上げた。紺色のブレザーに身を包み、右目に眼帯をつけた彼は、羞恥で頬を真っ赤に染めながらうろたえている。

そんな嵐士の前で、凪は楽しそうな笑みを浮かべていた。

「なぜってそりゃ、潜入捜査？」

「潜入捜査⁉　高校に⁉」

「うん。だってこの高校、被害者の永井僚子もそうだけど、三ヶ月前まで岸辺健太も通っていたらしいんだよね。被害者と容疑者がどんなふうに過ごしていたか知るのに一番手っ取り早いかなぁって」

「だとしても、潜入捜査はナシですよ！　それに俺、もうすぐ二十歳ですよ⁉」

「そうなんだ、気が付かなかった」

「気が付かなかったって！」

「でも、もうすぐ二十歳なら、今は十九なんでしょ？　そのぐらい誤差だって！」

「誤差ですか⁉」

「ほら、それに僕が生徒役するよりは、嵐士くんのほうがまだマシじゃない？」

「いや、まぁ、それはそうですが……」

確かに、凪が今の嵐士と同じ恰好をするとコスプレのようになってしまうだろう。年齢どうこうというより、彼の纏う雰囲気がまったく学生らしくない。

「それにほら、安心して。もっと似合ってない人が隣にいるから」

その言葉に嵐士は隣にいる人物を見た。そこには腕を組む現の姿があった。服装は嵐士と同じ紺色のブレザー姿だ。きっちりと着こなしている嵐士とは違い、こちらはネクタイをしめていないし、シャツのボタンも三番目まで開いている。その着崩し方はなんとなく、目を合わせたら危険な種類の人に見えた。

現はやっぱりウジ虫を見るような目で嵐士を見下ろしていた。

──こ、こわい……。

嵐士は笑みを貼り付けたまま、背筋を震わせる。

「あ、あのー。凪さん？　潜入するんだったら、俺、一人で大丈夫ですよ？」

「なんでお前みたいな危険なやつを一人で野放しにできると思ってるんだよ」

凪に言ったはずなのに、現にそうギロリと睨まれて身がすくみあがった。いまだかつてヤンキーという種族の人間にあったことはないが、きっとこんな感じなのだろうと嵐士は想像する。

「俺、殺されませんかね!?」

「ま、大丈夫じゃない？」

「じゃない!?」

あまりにも適当な返しに嵐士は声をひっくり返した。

前々から思っていたが、嵐士の命を彼らはどう思っているのだろうか。

「そんな勝手に殺したりしねぇよ。というか、殺せねぇよ」

そう言ったのは、現だった。意外な言葉に嵐士は「へ？」と彼の方を見る。

「鬼になった人間を殺すには、差した魔を完全に切り離すことが必須だ。それができるのは、凪だけだからな」

「そ、そうなんですか？」

「まぁ、死にたくなるほど痛めつけることはいくらでもできるけどな……」

瞳孔ガン開きでそう凄まれ、嵐士はまた身がすくみあがった。

「ふふふ。その調子で、嵐士くんに講義を頼むよ、現」

現は舌打ちをし、顔を背けた。態度は明らかに嫌がっているが、それを口に出さないあたり、断る気はないらしい。

「ま、学校側には話をつけてあるから心配しなくてもいいよ。それじゃ、二人とも頑張ってきてね」

そんな台詞で、凪は二人を見送った。


江波高校は県内でも荒れている学校として有名だった。偏差値も県内どころか全国でも最低で、行かない方がいい高校とまで言われているほどだ。

岸辺健太が過去に在学していたということもあり、どれだけ学校も荒れているのかと思ったが、意外にも校内の雰囲気は普通だった。窓ガラスが割れているようなこともないし、壁に落書きがしてあるようなこともない。

むしろ、白いモルタルの壁に並ぶ長方形の窓や緩やかなアーチを描く体育館の屋根は、自分が通っていた学校を彷彿とさせ、嵐士は不思議と懐かしくなった。

「なんか、結構普通ですね」

「ま、こんなもんだろ」

その時、校舎の裏手から、複数人の笑い声が聞こえてきた。どうやらそうとう盛り上がっているらしく、騒がしいを通り越して喧しかった。

なんとなくその笑い声が気になり、二人は校舎裏につま先を向けた。

そこは生垣と校舎の間の細長い空間だった。幅は三mほどしかなく、そこに何人かの男子生徒がなにかを囲んで立っていた。囲まれていたのは、これまた一人の男子生徒で、彼は立っている生徒たちとは対照的に、地面に正座をしていた。

彼を囲んでいる四人の生徒は楽しげに手拍子をしながら、声を合わせている。

「くーえ！　くーえ！」

どうやら、真ん中にいる一人の男子生徒に何かを食べるように強要しているらしい。目を凝らしてみると、男子生徒の前に置かれているのは、食パンだった。地面に置かれたそれには虫の死骸が載っている。

「おのこしはゆるしまへんで～」

囲んでいる一人の男子生徒がそう某アニメの台詞を言って、周りがどっと盛り上がる。

それにつられるように真ん中の生徒が引きつった笑みを浮かべると「なんでお前が笑ってんだよ」と一人の男子生徒の足が出た。つま先が真ん中にいる男子生徒の鳩尾を抉り、彼は苦しそうに身体をくの字に曲げた。

「ちょっ――」

「ほっとけ」

思わず飛び出てしまいそうになった嵐士を止めたのは、現だった。彼は、嵐士の二の腕を摑んでいる。

「へ？　で、でも！」

「岸辺も被害者も三年生だ。アイツらはネクタイの色から考えるに一年生だろ？　なにも話は聞けねぇよ」

「いや、そうじゃなくて！　あれ、いじめですよね⁉」

「いま止めたって、本人に抗う気がないのなら焼け石に水だ。立ち上がろうとしねぇ人間に差し出す手はねぇよ」

きっと現は正しいのだと思う。それは嵐士にだってわかっていた。ここで嵐士たちが彼を助けたとしても、きっと彼に対するいじめはなくならないのだろうし、なにも変わらない。だけど――

「ほら行くぞ！」

そう言って引っ張っていこうとする現の手を、嵐士は思わず振り払った。

瞬間、現の表情が険しくなる。「あ？」という低い声にも背筋が震えた。

「あ、あの！　先に行っていてください」

「は？」

「後で追いつきますから！」

嵐士は校舎の角から飛び出した。いじめられている生徒や、誰かのためとかではなく、嵐士自身がこのまま見ていられなかったのだ。

「あ、あの！　すみません！」

うろたえながらそう声をかけると、「はぁ？」と四人がこちらを見た。四人の視線が嵐士の身体をまるで値踏みするように上から下へ、下から上に流れた。彼らの視線はもちろん恐ろしかったけれど、現からの視線に比べれば、赤子のようにも見えるから不思議である。

「なに？　なんか用？」

「そ、その辺でやめときませんか？」

「なにを？」

「その、いじめはよくないと思いますし……」

しどろもどろにそう言うと、四人は顔を見合わせた。そして、ほとんど同時に肩を震わせ始める。そして、まるでそうすることが決まっていたかのように、彼らは地べたに正座していた生徒を立たせて、肩を組んだ。

「なに勘違いしてんの？　いじめじゃねぇよ！」

「一緒にバカやって騒いでただけだって！　なぁ？」

男子生徒の一人が同意を求めて、いじめられていた生徒はしばらく迷った末、渋々頷いた。どこからどう見ても脅されて無理やり頷いているのだが、四人の男子生徒は、鬼の首でも取ったような得意げな顔で「ほらな？」とこちらを見た。

「いや、でも、明らかに無理やりでしたし。そもそも、食べ物を粗末にするのはよくないというか……」

そう言いつつ、蟻がたかりだした食パンをちらりと見る。よく見ればパンに載っているのはゴキブリだった。本当にもう、悪趣味もいいところだ。見ているだけで吐き気が込み上げてくる。

「それなら、先輩が代わりに食べてくれる？」

「そうだよね？　食べ物、もったいないんだもんね？」

四人がわっと盛り上がる。その中心で、いじめられていた男の子は申し訳無さそうに顔を伏せた。

「さすがにそれは……」

「えぇ!?　それならやっぱり飯田に食って貰わないとな？」

「だって、もったいないもんな？」

「飯田だって、食いたいだろ？」

飯田と呼ばれた男の子はますます俯いた。その様子にまた四人はどっと沸く。

「ちょっと、いいかげんに——」

「あ、もしかして、先輩も食べたい？」

「虫パン、人気だなぁ！」

「……それなら、お前が食えばいいだろ！」

彼らよりもひときわ低い声が聞こえた。それと同時に、いつの間に現れたのか現がゴキブリの載ったパンを一番端の男の顔に押し付けていた。その勢いは凄まじく、あっという間に男は右に飛ばされた。そして、地面を転がる。

「お前——」

仲間を殴り飛ばされ、さすがに頭にきたのか、男の一人は顔を真っ赤にさせた後、こちらに殴りかかってくる。それを避けて、現は顔面に拳をお見舞いし、腹には蹴りを入れた。

そこからはもう、一方的だった。様子としては四対一なのに、その一が圧倒的に強いせいで、なんだか逆リンチのような様相を呈している。嵐士は飯田と呼ばれた生徒と抱き合いながら身体を震わせてその様子を見ていた。

——怖い。本当に怖い。

そして五分も経つ頃には、その場に立っているのは現だけになっていた。彼は制服についた砂埃(すなぼこり)を手で払うと、しゃがみ込み、一番近くに伸びている男の頬を叩(たた)く。

「おい。起きろ」

「ん？　は、はいぃぃいぃ⁉」

完全に怯(おび)えたような声を出しながら起き上がり、男子生徒は後ずさった。その目にはもう反抗心は少しも見て取れない。

「これに懲りたら、程々にしとけ。あんまりああいうことしてると、癖になるぞ」

「は、はい！」

「それと、このことは――」

「だ、誰にも言いません！」

「――よし」

現が頷くと、男子生徒は腰を抜かした状態のまま、尻(しり)を地面にこすりつけるようにして後ずさった。そして、近くで伸びている仲間を揺さぶって起こす。

四人が起きたことを確認して、現はまるで許可を出すように顎(あご)をしゃくる。すると、彼らは一目散に逃げていった。

現は立ち上がると首を鳴らす。そして、そのままこちらにぐるりと顔を向けた。その顔はどこからどう見ても機嫌がいいようには見えなかった。しかし、いつものようなウジ虫を見るような目はしていない。それが少しだけ不思議だった。

現は嵐士の前にしゃがみこんで、まるで唸(うな)るようにこう言った。

「お前は馬鹿か？」

「へ？」

「後先考えずに突っ走るな。いくら凪が許可を取ってるって言ってもなぁ、これがバレたら、調査する前に追い出されちまうだろうが」

「す、すみません」

嵐士が素直に頭を下げると、現はどこか居心地が悪そうな顔になる。そして、フンと鼻を鳴らした。

「まぁいい、行くぞ。とりあえず、三年生の教室だ」

現がそう言って立ち上がったときだった。

「三年の教室に用事ですか？」

おずおずとそう聞いてきたのは、いじめられていた男子生徒――飯田だった。

現は面倒くさそうに振り返る。

「三年の教室に用事というか、聞きたいことがあるというかな……は？」

「あ……」

二人が固まったのは、彼のネクタイの色が三年生のものだったからだ。

飯田はその場で正座をしたまま、どこか言いにくそうに口を開いた。

「僕でわかることなら、教えますけど」

「おまえ……」

現の身体が震える。

嵐士は彼がこの後言うだろう言葉が、なんとなくわかってしまった。

「年下にいいようにされてんじゃねぇよ！」


「岸辺くんと永井さんの話ですか？　多少は知っていますよ。岸辺くんとは小学校の頃からずっと同じクラスでしたし……」

「まさかの……」

「たなぼた、ですね」

小学校からの同級生を捕まえた二人は、そう顔を見合わせた。

「もしかして、お二人は永井さんが殺されたことを調べてるんですか？」

「まあ、そんなところだ。お前、なにか知ってるか？」

「知ってる、と言うか。今年クラスメイトだったので、一応、それなりに」

「おぉ！」と嵐士が声を上げる。飯田が岸辺と長年クラスメイトだっただけでなく、永井とも同じクラスだったということに、思わぬ拾い物をした気分になった。

「でも、その前に一つだけ聞いていいですか？」

「なんだ？」

飯田は少しだけ視線をさまよわせた後、口を開いた。

「いい歳こいた大人が、どうしてそんな恰好(かっこう)して学校に居るんですか？」

「……お前、今度は俺がボコってやろうか？」

「やめましょうよ、現さん！」

いきなり血の気が多くなった現を嵐士は必死で止める。同時にやっぱり無理があったかもしれないな、と凪の作戦について思った。

嵐士はまだ百歩譲って学生に見えるかもしれないが、嵐士よりも年上であろう現はやっぱりどうやっても高校生には見えない。怖いお兄さんには見えるのだが。

「で、二人のこと、なにが知りたいんですか？」

飯田にそう聞かれ、現は気を取り直すように咳払いをした。

「そうだな。……仲はどうだったんだ？　岸辺と永井は恋人だったんだろ？」

「多分問題なかったと思いますよ。ただ、岸辺くんが高校をやめてからはわかりませんけど。でも、永井さんは色んな意味で声が大きな人なので、別れたとかそういうことになっていたらもっと大騒ぎしてるでしょうし、噂になっていると思います」

「つまり、痴情のもつれってのは考えにくいのか」

「喧嘩はよくしてましたけどね。でも、さすがにそれで殺したりはしないんじゃないかなと、僕は思います」

「んじゃ、他に岸辺が永井を殺しそうな理由ってあるか？」

「いえ、正直ないと思いますけど。永井さん、亡くなる直前も岸辺くんからブランド物のバッグをもらったって学校に持ってきてましたし」

「ブランド物のバッグ？」

「僕は詳しくないんですけど、すごい有名ブランドのもので四十万円ぐらいするとか」

「は？　四十万!?」

とんでもない金額にひっくりかえった声が出た。

「岸辺ってやつは随分と羽振りがよかったんだな」

「前はそんなことなかったんですけどね。どちらかといえば万年金欠で、いろんな人からカンパという名目のカツアゲしてましたし……」

そんなことを知っているということは、もしかすると彼も一度か二度は被害にあっていたのかもしれない。

「それじゃあバイトでも始めたのか？」

「それはわからないですけど。岸辺くんが誰かの下で働くなんて、僕には想像もできませんけどね。……あ、そういえば」

「永井さん、『臨時収入が入ったみたい』って言ってました。バッグのことを話してた時なので、たぶん岸辺くんのことだと……」

「臨時収入、ね」

この話をこれ以上広げても意味がないと思ったのだろう、現は話題を変えた。

「それじゃ、猫の話は知らねぇか？」

「猫の話？」

「ここ最近、犬や猫の死体がしょっちゅう見つかるんだろ？」

「あぁ、それを岸辺くんがやってるって噂がありましたね」

「それについて、お前はどう思うよ？」

「正直、これに関しては冤罪だと思います」

「なんか根拠があんのか？」

「いや、根拠というか話してるのを聞いただけなんですが。岸辺くん、仲間に猫のこと聞かれて、はっきりと否定してたんですよ。『殺してない』って」

「嘘を吐いてるって可能性は？」

「うーん。岸辺くんはどちらかと言えば、そういうことトロフィーにするタイプの人間なので、もし殺してたんなら仲間には正直に言うと思います。……あ、そういえば

「どうかしたか？」

その時、気になることを言ってたな」

「気になること？」

「『世の中には善人面して悪いことをする奴がいっぱい居るよな』って」

「善人面？」

「まぁ、よく意味はわかりませんでしたけど……」

それから二人は飯田に様々な質問をした。長年クラスメイトだったということもあり、彼から得た情報は有益そうなものが多かった。

「最後に、お前以上に二人に詳しい人間はいるか？」

「いますよ。津島くんと藤本さんですね。四人は中学校に入る前からつるんでいて、いつも学校近くのコンビニに集まってました。……店員さんは困ってましたけど」

「そいつらと話すことはできるか？」

「それが、昨日の夕方から行方不明だそうです」

「行方不明、ね」

嵐士の隣にいる現は、二人の住所を書いたメモを見下ろしながら、そう呟いた。それらはもちろん飯田から教えてもらったものである。

津島と藤本の行方不明は、学校の中でもまだ話題には上っていなかった。永井と同じように、彼らも普段から無断で外泊することが多く、だれもそこまで真剣に捉えていないようなのだ。

「つるんでいた四人のうち、一人が殺されて、三人が行方不明か。きなくせぇな」

「そうですね。まるで四人とも、誰かに連れ去られたみたいです」

「案外、それが正解なのかもな」

「え？」と嵐士は現の顔を見た。

「永井を殺したやつは別にいて、そいつはつるんでいた四人全員に恨みがある」

「そうなってくると、また誰かが殺されるって話になりません？」

「……かもな」

嫌な予感に背筋が寒くなる。次があるということは、また次も嵐士はあの夢を見るのだろうか。人を殺す夢を――

「とにかく！　次はたまり場になっていたコンビニの店員か、津島と藤本の両親から話を聞くって感じだな。とりあえず、凪と連絡を取るぞ」

現はポケットからスマホを取り出して、何やらメッセージを打ち始める。

そんな彼を横目で見ながら、嵐士は何かを思い出したかのように顔を上げた。

「そういえば、現さん。ありがとうございます」

「……なにが？」

「助けてくれた事、ちゃんとお礼を言ってなかったので」

嵐士が頭を下げると、メッセージを打っていた現の指が止まった。そして、困惑と嫌悪を顔に貼り付けたような表情で、ゆっくりとこちらを向いた。

「お前……」

なにか言いたげにそう呟いた後、現はため息をつく。そして、頭を掻いた。

「なんなのお前？　なんで、そんなんなんだよ」

「そんなん？」

言葉の意味が分からずに首を傾げると、現はさらにこう吐き捨てた。

「頼むから早く、俺達の前から消えてくれ」

8

「なんか俺、嫌われちゃったのかな……」

嵐士は自室に与えられた部屋のベランダから身を乗り出し、そう呟いた。見上げる先には満天の星。街そのものの明かりが少ないからか、生まれ育った街よりも星が綺麗に見える。

思い出すのは、夕方の現とのやり取りだ。

『頼むから早く、俺達の前から消えてくれ』

「いやまぁ、もとから嫌われてると言ったら、そうなんだけどさ……」

それでも、『消えてくれ』とはっきり言われたのは、あの時が初めてだった。しかも、その前のやり取りで嵐士は現と少しだけ仲良くなった気でいたのだ。別に現が嵐士に心を開いたとまでは思わなかったが、それでも普通に会話する仲ぐらいにはなっていたと思うのに……。

「まだ起きてたんだ？」

その声に嵐士は顔を上げ、横を見た。すると、そこには凪が立っている。

嵐士は驚きで目を瞬(しばたた)かせた。

「へ？　なんで……」

「このベランダ、僕の部屋にも通じてるからさ」

彼は親指で自分の背後を指すような仕草をする。そこでやっと、思ったよりもベランダが長いことに気がついた。このとき初めてベランダに出たので、今の今まで気が付かなかったのだ。

——というか、隣、凪さんの部屋だったのか。

ベランダが繋(つな)がっている部屋を与えたのは、もしかすると、嵐士がこの屋敷から逃げないように、逃げ出してもすぐに気付けるようにするためかもしれない。

凪は、嵐士の隣に並び立つ。しかし、彼の方を見ることはせずに、先程の嵐士と同じように視線を外に向けた。

「早く寝ないと、明日つらいよ？」

「そう、ですね」

明日は、たまり場になっていたというコンビニの店員と、津島と藤本の両親から話を聞くことになっていた。そう何度も何度も同じ相手に話を聞くわけにはいかないので今回は最初から尾崎と月島と一緒に行動する。考えただけで疲れるスケジュールだし、嵐士としてもそろそろ寝たほうがいいと思っているのだが、なぜだか目が冴(さ)えて全く眠る気になれなかった。

「もしよかったら、少し歩く？」

凪の提案に「え？」と嵐士は目を見開く。

「桜はまだだから千光寺(せんこうじ)の方に行くのはあれだけど、海岸沿いを歩くのも気分転換にはなると思うよ」

それから身支度をして屋敷を出た。

　突然、しかも夜中に二人で外出すると言った凪に現はまた不機嫌そうだったが、結局態度だけで今回はなにも言わなかった。

　二人は人通りが少ない狭い坂を並んでゆっくりと下る。平たい道と階段が交互にやってくるこの街の道はやっぱりどこか独特な雰囲気がある。

　それからしばらくは二人とも無言で歩き続けた。

「もしかして、現になにか言われた？」

　そう聞かれたのは、坂道を下り終わり、踏切で電車を待っている時だった。

　彼の質問に、嵐士の身体は馬鹿正直に跳ねる。嵐士の反応がわかりやすかったからか、凪は苦笑を浮かべた。

「ごめんね。アイツ、堅物だから」

「あ、いえ。別に……」

「大丈夫です」と言うのも「平気です」と言うのも違う気がして、嵐士は言葉を探すように目を泳がせた。凪は隣に立つ嵐士の顔を覗き込んでくる。

「なんて言われたの？」

「いや、その……」

　電車が目の前を通り過ぎて、踏切の遮断機が上がる。二人はまた並んで歩き出した。しかしここでなにかを言ってしまうのはなんだか現の悪口を言うようで気が引けた。しかし凪の追及するような視線は、まったく逸れてくれない。「ん?」と先を促すように首をかしげられ、嵐士は観念したように小さく言葉を吐き出した。

「『消えてくれ』と」

「へぇ。現が? 本当に?」

「いや、まぁ。……はい」

「それで傷ついちゃったってわけ?」

「いや、傷ついたというか。ちょっと、言われたタイミングが分からなくて。今回は別に変なことはしてないと思うんですよね。ただ助けてもらった時のお礼を言っただけなのに」

「……へぇ」

その声がどこか喜んでいるように聞こえて、嵐士は前に向けていた目を凪に移す。

「うちの支部にいる人間ってさ、僕も含めて割とワケアリなんだよね。みんな鬼のことが大嫌いだって気持ちは一緒なんだけど、その中でも特に現はそれが強くてさ」

「そう、なんですね」

「現がさ、少し前に『鬼は自分たちじゃ殺せない』って言ったの覚えてる?」

「あぁ、昼間の話ですよね? 凪さんにならば殺せるんでしたっけ?」

「うん。まぁ、僕が、っていうより、僕の持っている武器にそういう能力があるって話なんだけど。でもさ、実は現ね、鬼を殺したことがあるんだよ」

「え!?　そうなんですか?」と嵐士は素っ頓狂な声を上げた。

「正確には鬼に変わってしまう直前の人間をね」

「へ?」

「詳細は言わないけどね。大切な人、だったらしいよ。とっても大切で、誰にも殺されたくないから、自分で殺した。鬼は殺せないから人でなくなる直前にね」

「え?　でも、一応人間なんですよね?　それって、捕まったり……」

「相手はね、もうほとんど鬼になってたんだ。もう戻れないところまで魔に巣くわれてた。だから、こっちのルールで処理をした。申請はギリギリだけど通ったよ。それでも、口悪く言う人間はたくさんいてね。……だからウチに誘ったんだ」

ウチ、というのは広島支部のことだろうか。

「僕も嫌われ者だからさー。一緒に働いてくれる人が少なくて。だから嫌われている者同士なら、働きやすいかなって思って!」

凪は笑いながら、そうおどけてみせる。

「現はさ、要するに鬼が悪いやつじゃないと困るんだよ。人にやすやすとお礼を言う鬼は困るんだ。現にとって鬼は殺さなくてはならない相手で、恨みの対象で、生きる糧だからね。そうじゃなかったら、自分が大切な人を殺したことが無駄になってしまう。って、彼はきっとそんなふうに思ってる。……そんなことはないのにね」

「……なんで俺にそういう話をするんですか？」

「んー。現は意地っ張りだから、自らこういう話はしないだろうって思ってね。もしかして、困らせちゃった？」

「いや、困るっていうか、その、そんな話を聞いた後で、今後どう接すればいいんだろうって思って。俺は、悪い人間のふりをしてればいいんですかね？　現さんが恨みやすいように」

「そのままの嵐士くんでいてよ。きっとそれが一番いい気がする。今の現はね、考えることを放棄してるんだよ。鬼だから殺す、人だから助ける。そんな一辺倒な考え方ばかりしてる。魔が差していない人間も、人を嬲って殺すことがあるのにね。ま、善良な鬼ってのは、僕も初めてだけど」

　嵐士のことを言っているのだろう、凪はそう言いつつこちらの方をちらりと見る。

「僕はね、考え続けることはいいことだと思うんだ。その先に答えがあっても、なくても。答えがないってことを確認するまで考えることをやめる必要はないと思うんだよね」

　凪はどこか遠くを見ているような顔で唇の端をあげた。

「諦めないであげて。それが、僕が嵐士くんに願うことだよ」

　正直な話、凪が何を言っているのかよくわからなかった。諦めるもなにも、現との付き合いにおいてその選択肢がこちらにあるのかどうかもわからない。ただ、嵐士が困っているとき、現は助けてくれた。忠告だってしてくれたし、面倒見がいいと言っていた凪の言葉も何となくわかるようになってきた。だから、諦める諦めないではない。嵐士は多分、現のことをそこまで嫌いになれない。

「まぁ、つまりね。現は意地悪で君に強く当たってるんじゃないよって教えたかったんだ。それに案外、現の方も君を嫌ってはいないみたいだしね」

「あ、いや。嫌われてはいるんじゃないでしょうか……」

　自分が会ったことのない部類の鬼に戸惑っているかもしれないが、それだけだ。

「嫌われてないよ。だって『消えてくれ』って言われたんでしょう。現なら鬼には『死んでくれ』って言うはずだからさ」

「え？」

「それは、現にとって雲泥の差だよ」

　そう言う凪はどこまでも楽しそうだった。

　車通りが少ない大きな道路沿いを二人は並んで歩く。

　ふと潮の香りがして、そちらに顔を向けると、川のような細長い海が見えた。

　あれは確か、尾道水道だ。海なのに細長いのは、すぐそこに向島（むかいしま）があるからだった。

「ふふふ、やっぱり正解だったな」

「なにがですか？」

嵐士は尾道水道から視線を外し、凪に視線を戻す。

「嵐士くんのこと、殺さなくて」

「え？」

「最初、僕が君を殺そうとしてたのは知ってるでしょ？　実はね、あれを思い直したの、君が自動車の事故から小学生を救ったときだったんだ。君があそこで身を挺して子供を守っていなければ、今頃、君の首と身体は離れ離れになっていただろうね」

その言葉にぞっと背筋が粟立つ。

嵐士の強張った表情を見ながら、凪は更に楽しそうに話を続けた。

「あのときはびっくりしたな。自分の身を挺して人をかばう鬼がいるだなんて思わなかったからさ。包み隠さず言うならば興味も湧いた。鬼であることを隠すために人だった頃の記憶を頼りに人に擬態する鬼はいても、自分が鬼であることをバラすリスクを負ってまで、人を助ける鬼なんて会ったことがなかったからね」

「いや、あのときは自分がそんな変なものになってるだなんて思いませんでしたし。なんていうか、勝手に身体が動いたというか……」

「それがまた面白いんだよね。君は意識しなくても自分が人であることを疑いもしないでしょ？　鬼もそうなんだ。彼らは自分がもう人間じゃないということを、人間ではなくなってしまったということを、完全に理解している。そして、その事実を隠さなければならないということもわかっている。それは本能のようなもので、わかっているとか、わかっていないというのじゃ、ないんだよ」

「そう、なんですね」

「君がどうしてそんなに規格外なのかはわからないけど、面白いね」

「面白いで済ませていいんですか、それ……」

「面白いで済んでるから、君はまだ生きてるんだよ？」

「……そうでした」

嵐士が今生きているのは、ひとえに凪が嵐士に興味を持ったからだ。そう考えると今自分がここでこうやって生きていることが、奇跡のように思えてくる。

「あ、そういえば動画があったんだった。今度見る？」

「動画？」

「君が小学生を助けた時の動画。君は覚えてないだろうけど、すごかったんだから。とくに子供を庇（かば）いながら車体の下に滑り込んだ後、下から車を投げ飛ばすシーンは、映画さながらで見ものだったよ」

「うわー……」

そんなことを本当にしたというのなら、間違いなく自分は人ではなくなったということだろう。しかもそれが動画に残っているなんて、言い訳のしようがない。

「ちなみにその動画は、どうしたんですか？　凪さんが？」

「ううん。野次馬が撮っていたから、貰ったんだ。もちろんオリジナルはどこかに上げられる前に消させたよ。記憶の方はそういうのが得意なやつがいるから、本部の方に頼んだ。だから、君の神がかりめいた救出劇は僕の記憶とスマホの中だけにしか残っていない。残念だったね」

「別に残念じゃないですよ。できれば残らず消えててもいいぐらいです」

嵐士の言葉に凪はからからと笑う。

そんな話をしているうちに、二人は尾道駅前の広場にたどりついていた。

凪は近くにあった木のベンチに腰掛けると、隣をポンポンと叩く。どうやら座れということらしい。嵐士は少し迷った末に、彼の隣に腰掛けた。目の前にある木製の欄干の奥には、ゆっくりと流れる尾道水道がある。

「そういえばさ、嵐士くんのことまだ聞いてなかったね。君はどうしてここに来たの？　前は横浜の方に住んでたんだよね？」

「え!?　なんで知って……」

「住民票、移してないでしょ？　身分証の現住所がそっちになってたから」

「あ、そっか……」

嵐士は警察署で事情聴取を受けたときに、身分証を提出した。きっと凪は、それを見ていたのだろう。

「なんで尾道に？　親戚とか、知り合いがいるわけでもないんでしょ？」

「それは……」

そこで言葉を切ったというよりは、切れたという感じだった。別に秘密にしておきたいわけではないのに、それ以上の言葉は胸につかえて何も出てこない。

「知り合いとか、親戚とかがいないから、この土地に来たのかもしれないです」

ようやく吐き出した言葉は、とても弱々しいものだった。

「実は、家出、してきたんです」

「家出？　家族と喧嘩でもした？」

「喧嘩が……できたらいいんですけど。何て言えばいいんですかね」

思わず出たのは、自嘲的な笑みだった。

「三年前に、兄が自殺したんです。とても優秀な兄でした」

その言葉に、凪の目が少しだけ見開かれた。

「勉強もできて運動もできて。なのに気取っている様子なんて微塵もなくて、誰にでも優しくて、穏やかで性格も良くて。もう嫉妬するのも馬鹿らしいほどに、兄はよくできた人間だったんです」

目を閉じると、瞼（まぶた）の裏に穏やかに笑う兄の顔が浮かぶ。

「兄が死んだ理由は、わかりません。自殺する一ヶ月ほど前からたしかに塞（ふさ）ぎ込んではいましたが、俺たちにはその理由を話してくれませんでしたし。正直な話、俺たちもそこまで兄が追い詰められているとは思っていなかったので、無理に理由を問いただすようなこともしませんでした。だから、自殺なんて信じられなくて。でも、警察が調べたところ、自殺ということは確かなようでした。兄が死んでから、俺たちの生活は一変しました。家の中で一番明るくて元気だった人間がいなくなったんです。まるで、それまで自分たちを照らし続けてくれた太陽が消えたかのようでした。中でも、一番変わってしまったのは、母だった。死んだ兄を最初に見つけたのは、母だったんです。母はそのショックから立ち直れないようでした。それは当然だと思います。自分の息子を亡くしたわけですから。ただ、毎日、泣きながら兄に謝り続けている母を俺たちも見ていられなかった。だから俺たちは引越しすることにしました。兄との思い出が詰まった土地を離れることにしたんです。それが一番、母にとっていいと思いましたから」

「その引越し先が横浜だったんだね」

嵐士は一つ頷（うなず）いた。

「横浜に引っ越して、母の体調は段々と良くなっていきました。さすがに最初は日がな一日ぼーっとしていることも多かったですが、一年ほど経つと趣味の押し花を再開したりして、だんだんと動けるようになっていきました。母がおかしくなったのは、兄の三回忌が終わった直後からでした。母は兄の位牌に手を合わせながらこう言ったんですよ。――『嵐士』って」

当時のことを思い出しながら、嵐士は視線を落とした。

「最初は、言い間違いだと思ったんです。だけど、そうじゃなかった。いつの間にか母の中では自殺したのが俺で、俺は兄になっていた」

嵐士は膝の上で両手をぎゅっと握りしめる。

「毎日、兄の名前で呼ばれるんですよ。その度に、耳の奥で『お前が死ねばよかったのに』って母の声が聞こえるんです。もちろん幻聴ですよ。母が直接俺にそう言ってきたことはないです。でも、母の気持ちは全部、状況が物語ってるじゃないですか」

「それ、お父さんは？」

「父も、戸惑ってました。ただ、それから母の体調が劇的に良くなっていったんです。だから、何ていうか、見て見ぬふりってやつですかね。『ごめんな』って謝ってはくれるんですけど、それだけで。でもまぁ、俺も母の体調が良くなるのは嬉しかったので、できる限り兄を演じました。だけど、三ヶ月前のあの日、限界が来て――」

「限界？」

「遺影の写真が、俺の写真になってたんですよ。昨日まではちゃんと兄の写真だったのに。なんかもう、それ見てたらたまらなくなっちゃって……」

「家を飛び出した？」

「……はい。それなりに貯金はしてましたから、ありったけの現金とキャッシュカードだけ握りしめて、新幹線に飛び乗りました。どこまで行こうとか、そういうのもなかったんです。たまたまその時の新幹線の終点が広島で……」

そして、広島駅で通り魔に襲われ、病院に運び込まれた。

「病院を出てからもなんとなく帰る気になれなくて、目的地もなく電車に乗ってたら、右目がこの色になっていることに気がついたんです。それであわてて電車を降りたら、この駅だった……って感じです。まぁ、だから、尾道を選んだというよりは、ただただ流れてここについたってだけなんですよ。大学の方もどうなってるんですかね。休学の手続きもしてないから、留年、になるんですかね」

嵐士は苦笑いを浮かべた後、ゆっくりと頭を下げる。

正直、なんでこんな事を話したのだろうと思う。こんな話をされても、凪はきっと迷惑だ。

「すみません、こんな――」

「よく、頑張ったね」

気がついたら嵐士の頭に凪の手のひらが載っていた。彼はそのまま嵐士の頭を撫でる。まるで大人が子供を褒めるように、ゆっくりと彼の手は動く。

「頑張った」

「いや、どうなんですかね。結局、頑張れなかったって話で……」

「誰がなんと言おうと、嵐士くんは、頑張ってたよ」

頬が熱くなり、鼻がツンと痛くなった。

せり上がってくるものをこらえるように、下唇を噛みしめる。

「話してくれて、ありがとう」

どこまでも優しいその声に、こらえきれなくなった感情が目から一粒だけこぼれた。

9

「というか、随分な所まで来ちゃったね。歩いて帰るの、骨が折れそう」

凪は今まで自分たちが歩いてきた道を振り返り、そう呟いた。あれからまた少し歩いて、新浜橋まで通り過ぎてしまっていた。

途中で引き返すこともなかったため、帰るためには先ほどと同じ道のりをもう一度辿らなくてはならない。

「んー。ぐるっと回りながら帰ろうか。それともタクシー使う?」

「それはさすがにもったいなくないですか?」

「僕の足が疲労骨折するよりはいいでしょ」

「人の足はそんな簡単に疲労骨折しませんよ」

「そうかなぁ……あっ!」

凪が声を上げ、嵐士は彼の視線をたどるように前を向いた。

彼が見ている先にはコンビニがあり、駐車場には一台の乗用車が停まっている。

凪は足取り軽くその車に近づき、運転席側の窓を軽く叩いた。

小さな電子音とともに窓がゆっくりと下がっていく。

「こんばんは」

「へ? な、凪さん!?」

そこにいたのは、尾崎の部下である月島だった。まさかこんなところで知り合いに会うとは思わなかったのだろう、月島は驚愕に目を見開きながら、凪の方を見ていた。

「もしよかったら送っていってくれない?」

凪の要求に月島は「え?」と目を瞬かせた。

月島はこれから家に帰るところだったらしい。なので車は、捜査車両ではなく彼の自家用車で、わずかに生活感が漂っていた。スプレータイプの消臭剤と粘着テープ式のカーペットクリーナーが助手席においてあるのを見るに、彼には少し、潔癖症の気があるのかもしれない。クリーナーには短くて茶色い毛がいくつかついていた。

嵐士は凪とともに車の後部座席に乗り込むと、「すいません。図々しくて」と運転席の月島に凪のぶんまで頭を下げた。

月島がコンビニに寄っていたのは夕食を調達していたためらしい。

「いいんですよ。ちょうど家の方向と一緒ですしね」

「お家はこの辺ですか？」

「はい。そこのアパートなんですが、壁の色はダサいんですけど、家賃が安くて……」

「あ、もしかしてよもぎ荘ですか？」

「知ってるんですか？」

「俺、前にそこに住んでたんです。あそこ、ペット不可だけ不満でしたけど、いい所ですよね！」

「嵐士くん、ペット飼いたいの？」

「一人だと寂しいので。ハムスターぐらいは飼いたいなぁと」

「ハムスターはペット不可でも飼っていいと思うけど」

凪がこらえきれないといった感じで笑う。嵐士は羞恥で顔が熱くなった。

でもまさか、刑事さんとご近所だったなんて思いもしなかった。

「それにしてもこんな時間までご苦労様ですね」

「まぁ、昨日は帰れませんでしたからね。今日ぐらいは……」

その言葉に、嵐士はルームミラー越しに月島のスーツを見た。よく見るとシワが寄っている。シャツは着替えているようだが、スーツとネクタイはきっと昨日のままなのだろう。徹夜どころか泊まり込みだなんて、本当に頭が下がる。

「本当にすごいですよね、刑事さんって。俺だったらちょっと心折れてますよ」

「僕、昔から刑事になりたかったんですよ。ほら、刑事ってヒーローって感じじゃないですか。悪を倒して正義を勝ち取る、みたいな」

「そうですね」

「この世の中、人に迷惑かける連中がたくさんいますからね。だから僕は頑張らないとって思ってるんです。人に迷惑をかける人間が一人減れば、その人に迷惑をかけられる人間が複数人救われるわけじゃないですか。だから本当にコツコツですけど、少しずつ社会を良くしていきたいんです」

「……立派な考え方ですね」

正直な話、少し意外だった。月島はいつも尾崎の後ろに隠れてオドオドしてる印象が強かったからだ。

「立派じゃないですよ。尾崎さんにはいつも怒られてますしね。でも、刑事になったことを親も喜んでくれましたし、できれば頑張って続けていきたいですね。正直、警察官を続けられるのなら、なんだってしますよ」

月島ははにかみながら頬を掻いた。

「捜査の方は進展してる？」

聞いたのは、凪だった。月島はゆるく首をふる。

「実は、あまり。岸辺健太の足取りがどうしてもつかめなくて。駅のカメラを見る限り電車にも乗ってないようですし、本当にどこに行ったのやらって。岸辺家にも常に人を貼り付けてるんですけど、帰ってきているわけでもなさそうなんですよね」

「そういえば、岸辺さんの家、前に空き巣に入られたって言ってたよね？」

凪の言葉に、月島はちらりとルームミラー越しにこちらに視線を向けた。

「はい。……といっても、金銭的な被害は窓を割られたぐらいですけどね」

「健太くんの部屋が荒らされてたんだっけ？　どんなふうに荒らされてたの？」

「どんなふうに？　そうですね、引き出しが全部引き出されてて、ノートや教科書が散乱してましたね。ま、僕も現場の写真を見ただけなので、あれですが」

「それって、今持ってる？」

「さすがに現物は。タブレットの方に画像なら入ってますけど」

「見せて」

月島は信号で停まった隙に助手席に置いてあるカバンからタブレットを取り出した。そして、軽く操作してからこちらに渡してくれる。

凪がタブレットを受け取り、写真を見る。嵐士も一緒に覗き込んだ。

そこに映っていたのはどこからどう見ても普通の子供部屋だった。シンプルな学習机に、背の高い本棚。床には三冊ほど雑誌が重ねてあり、壁にはダーツの的がかかっている。普通と違うのは、それらが荒らされていることだ。月島の言っていた通りに、引き出しが全部引き出されていて、ノートや教科書が散乱している。クローゼットの服も全て出されていた。

凪は鑑識が撮ったであろうそれらの写真を見ながら首を傾げる。

「この空き巣、なにが目的だったんだろうね」

「え。お金じゃないんですか？」

「お金だったら子供部屋だけ探して出て行くのはおかしくない？　この部屋、いかにも子供部屋然としていて、主寝室とかと間違いようがないし」

「それは、たしかに。あ、本当はほかの部屋も探そうと思ってたんだけど、家の人が帰ってくる気配がして慌てて出て行ったとか！」

「それなら確かに、ほかの部屋を探さなかった理由にはなるんだけど、それならどうしてノートとか教科書とかを散乱させてるんだと思う?」

「え?」

「ほら、この広げられたノートを見て。まるでページをめくって中身を確かめたみたいじゃない? こんなところにお金を隠している人なんて普通は居ないと思うけど?」

言われてみれば確かにそうだ。ノートに挟み込むようにしてお札を隠すこともできなくはないかもしれないが、普通はあまりやらないだろう。しかも子供のノートや教科書の間なんかに。万が一、隠していたとして、空き巣がそこを探るというのはどうにも違和感がある。それならば子供部屋なんてとっとと出て、ほかの部屋を探しに行ったほうが手っ取り早く金目の物にありつけるだろう。

「つまり、空き巣の目的は金目の物じゃない?」

「うん。きっと薄い紙のようなものを探していたんじゃないかな? こうやって、本の間に挟み込んでおくことができるようなものだったんだと思うよ?」

そう言いながら凪は折り曲げた左手に右手を挟み込むような仕草をしてみせる。

「なるほど……って、それが今回の事件とどう関係があるんですか?」

「んー、関係ないかもしれないし、関係あるかもしれない」

「適当ですね」

そんな会話をしていると、車がまた赤信号で停まった。同時に窓の方から踏切のカンカンカン……という警報音が聞こえてくる。なんとなくその音が気になって、嵐士は窓の方を見た。すると——

「花……？」

遮断機の根元辺りに、花束が置いてあるのが見えた。置かれたばかりなのか、花は萎(しお)れておらずまだ瑞々(みずみず)しい。

月島が嵐士の視線に気がついて口を開く。

「ここですよ」

「ここ？」

「尾崎さんの娘さんが亡くなった踏切です」

そう言って月島はアクセルを踏み込んだ。車が発進する。

流れていく景色を見ながら、嵐士は、あの花束を置いたのは、もしかしたら尾崎なのではないかと考えた。

10

そこは、むき出しのコンクリートに囲まれていた。壁も床も天井も、無機質な灰色で覆われている。広さはそこそこあるが、窓はなく、灯りとなるものが木製のテーブルに置かれた白い蠟燭だけなので室内全体は見て取れない。天井を支える柱は等間隔に立っており、その中の一つに人が繫がれていた。柱には大きく重そうな鎖が二周ほど巻かれており、その穴に通すようにしてロープが伸びていた。繫がれている人間は三人。明るさが足りない上に、頭には紙袋が被せられているので、顔を判別することはできなかった。しかし、服装で男性が二人と女性が一人という構成なのがなんとなくわかる。

足音をわざと立てながら、嵐士は彼らに近づいた。

興奮と焦りで息が荒くなっている。

嵐士は柱に繫がれている人間から一人の男を選び出すと、手首同士を縛っているロープはそのままに、男と柱を繫げているロープだけを解いた。

「さあ、逃げてもいいぞ」

嵐士の唇は静かな声でそう告げた後、弧を描いた。

解放された男は、手首を縛られ、紙袋を被ったまま、走り出す。しかし、紙袋で視界が塞がっているからか、手首が縛られていてバランスが取りにくいからか、それとも身体が弱っているからか、彼は何度も足をもつれさせた。

嵐士はそれをゆっくりと追いかける。

それはまるで狩りだった。抵抗のできない人間を追い詰めて殺すという残酷な狩り。逃げ出した男は出口に辿り着く前に、途中で転けてしまった。

嵐士は彼が起き上がる前に、男に近づき、そのみぞおちを蹴り上げた。男は低く呻いて、仰向けに倒れた。嵐士はその上に馬乗りになる。

そこで初めて、嵐士は男の頭に被せてある紙袋を取り払った。

そこにいたのは、岸辺健太だった。捜査資料に貼り付けてあった写真のままの彼が、嵐士の下で驚愕に目を見開き、身体を震わせている。

嵐士の手が岸辺の首にかかる。指紋を残さないためか、手には永井を絞め殺したときと同じように黒い手袋をしていた。

岸辺は首を振って、足をバタつかせる。しかし、それで嵐士を止めることはできなかった。布越しでもわかる生温かい感触に気分が高揚した。ドクンドクンと脈打つ血管の血液を止めるように、嵐士は手に力を込める。

『やめろ！』

嵐士はそう必死に声を上げる。しかし、口からはなにも言葉が出ない。

自分は嵐士であって嵐士ではないのだ。

嵐士の意思は行動になんの影響も及ぼさない。

またがった嵐士の下で、岸辺はもがき苦しむ。目からじわりと、涙がこぼれた。

『やめろ！　やめろ！　やめろ！』

「やめろおぉおぉぉぉぉ！」

無理やりコードを引っこ抜いて接続を解除した、というのが一番近い感覚だった。

嵐士はベッドの上で荒い呼吸を整える。先ほどまで人の首を絞めていた両手は、じっとりと汗ばんで、震えていた。嵐士は頭を抱えながら先ほどの映像を反芻させる。

コンクリートに囲まれた窓のない暗い室内。蠟燭の明かりだけがあって、柱には人が繋がれている。その中のひとりを選んで、嵐士は——

そこまで考えて口元を押さえた。

猛烈な吐き気がせり上がってきて、頭がどうにかなりそうだった。

あれは、現実だ。

——きっとまた、誰かが殺されたのだ。

そこまで考えた時、コンコンと扉を叩く音がした。

音のした方を向くと、開け放たれた扉のそばに凪がいた。

「もしかして、見た？」

何を、と聞かないのは、凪も嵐士が何を見たのかわかっているからだろう。

よく見ると凪の奥に現と羅夢もいた。

嵐士は震える手をぎゅっと握りしめながら、しっかりと頷いた。

「どこだったかわかる?」

こちらに歩み寄りながらそう聞いてくる凪に、嵐士は首を振った。

「わかりません。コンクリートに囲まれていて、窓が一つもなくて、暗くて――」

「窓がないってことは、もしかして地下かもしれないね」

「それなら、ここかも」

そう言ったのは、背後で聞いていた羅夢だった。彼女はタブレットを操作した後、こちらに画面を見せた。それは、地図アプリだった。赤いピンがついているのは、廃病院である。

「ここ、たまり場になっていたコンビニから住宅街に向かう途中にあるし、遺体が見つかった公園にも近い」

「確かに、病院なら地下室ぐらいありそうだね。――ってことで、嵐士くん、今から出れる?」

「え。あ、……はい!」

嵐士はベッドから飛び起きる。すると、部屋の外で現が顔をしかめていた。

「本当に行くのか? ただの夢って可能性もあるんだろ?」

「まぁね。でも、それならそれで良いことじゃないか。誰も傷ついてないなら、それが一番だ。……現は一応、関係者に連絡しておいてくれる？」

「関係者？」

「捕まっているだろう三人——岸辺、津島、藤本の保護者と、警察」

嵐士は人数のことなどなにも言ってないのだが、凪はそう言い当てた。もしかすると嵐士には見えていない事件の真相が、彼にはわかっているのかもしれない。

「凪、私は？」

「羅夢には、別にお願いしたいことがあって——」

そんな会話をしながら、凪たちは慌ただしく部屋を後にした。その間に嵐士も着替えを済ませ上着を羽織る。

「準備、できました！」

そう言いながら部屋の扉を開けると、いつの間に準備を終えたのだろうか、普段着姿の凪がそこで待っていた。

「それじゃ、行こうか」

11

凪の運転する車でやってきたのは、羅夢が調べてくれた廃病院だった。コンクリート敷きでなかったためか、かつて駐車場だったそこには雑草がこれでもかと生い茂っている。長年誰にも使われていなかった施設のはずなのに、雑草には一部、人が通ったような跡がついていた。

「ビンゴ、かもね」

凪は不敵に笑う。二人は注意深くあたりを観察しながら、廃病院に入った。

屋内は暗く、当然のごとく電気はつかなかった。窓ガラスも割られていて、壁には落書きまでしてある。

二人はそれぞれ懐中電灯を持ったまま廃病院の中を進んだ。

「地下室って、どこにあるんですかね？」

「さぁ。院内図とかがあればなにか解るのかもしれないけど、この有様だからね」

あまりにも雰囲気があって背筋が震えたが、今はそんなこと言っている余裕はない。なんと言ったって人命がかかっているのだ。

嵐士はそばにあった柱に手を這わす。

「柱の太さは同じぐらいだよな……」

確信がある訳ではないが、嵐士はここが現場だとなんとなく理解していた。

じめっとした少しおどろおどろしい雰囲気も、柱の太さも、間隔も同じ。

壁はむき出しのコンクリートではないが、壁紙の剝がれているところを見れば、色が同じだった。だから問題は、例の地下室がどこにあるかということだけだった。

「夢のことで、他になにか思い出すことはない？」

嵐士はもう一度目をつむり、夢の中の光景を思い出してみる。

灰色の無機質な壁に、太い柱。暗い室内に灯りは蠟燭のみ。

見上げた天井には——

「アレは、管？」

「管？」

そうだ、一本だけ透明な管が天井を這っていた。プラスチック製なのかガラス製なのかはわからないが、直径は十五センチほどだ。

嵐士が凪に思い出したものを説明すると、彼は顎を撫でながら一つの答えを出した。

「それはきっとエアシューターってやつだね」

「エアシューター？」

「空気の圧力によって筒状の容器を輸送するものだよ。今ではもうあまり見かけないけど、昔の病院ではカルテをその管で運んでいたんだ。地下ってことは、もしかすると、古いカルテの保管庫が地下にでもあったのかもしれないね」

天井を見上げれば、夢で見た光景と同じように透明な管が通っていた。違うのはこちらは複数ということだ。管はそれぞれの科の診察室だっただろう部屋に延びていた。

そして、その中の一本は――

「この扉の奥じゃない？」

とある壁のむこうに続いていた。その下には分厚い鉄製の扉がある。

嵐士がゆっくりとそれを開けると、下に階段が続いていた。

「あった！」

そう声を上げてしまってから慌てて口をふさぐ。

小さな声だったので、特に問題は無かったと思うが、あまり大きな声を出しては、中に居るかもしれない犯人に気付かれてしまうだろう。

嵐士と凪は慎重に階段を下りた。階段の下にはまた鉄製の扉があり、嵐士はそれを恐る恐る開ける。するとそこには、嵐士が夢の中で見た光景が広がっていた。

――ここだ！

嵐士は小さく開けた扉の隙間から中をじっくり観察する。

地下室の中には犯人らしき人物はおらず、夢で見たとおりに柱に二人の人間が縛られている。その手前にぐったりと倒れているのは、おそらく岸辺健太だ。

嵐士が先程夢の中で殺してしまった相手である。

自分の見てしまった光景が現実だった安堵と苦痛が胸の中に迫ってきて、嵐士は顔をこわばらせた。しかし、いつまでもそんな感情に浸っているわけにもいかない。

嵐士は他に誰もいないことをもう一度確認して、捕まっている彼らに駆け寄った。二人はどうやら気を失っているようで、呼吸はしているが、ぐったりとしたまま動かない。

——どうするべきか

嵐士はさっと周りに視線を巡らせる。すると床に散らばるカルテが目に入った。それらはなぜか雨に降られでもしたかのように濡れていた。

——夢の中では、こんなふうにカルテが床に散らばってなかったような

しかも、何やら壊れた机や椅子などが散乱している。これらも夢にはなかった。机と椅子はどれも木製の古いものだ。あまりにも壊れすぎていて、もうただの廃材にしか見えないようなものまである。

——なんでこんなにたくさん……

一瞬、そんな疑問が頭をもたげた時、凪の声が聞こえた。

「嵐士くん、待って。何か変な臭いが」

「え？　変な臭いって——」

そう振り返った瞬間、ばたんと凪の背後で扉が閉まった。慌てて駆け寄りドアノブを握るが、もう遅い。扉は開かなくなっていた。この扉は外から鍵が閉められるようなものではなかったので、もしかするとなにか重しのようなものを置かれたのかもし

れない。

「閉じ込められましたね……」

「閉じ込められただけなら、いいんだけどね」

苦々しげな顔で凪がそう答えると、鉄製の扉と床の隙間からなにか液体のようなものが流れ込んできた。扉を開けようとしていた嵐士は、その存在に気がついて扉から距離を取った。流れ込んできた液体はどうやら元々床に広がっていたのと同じもののようで、ゆっくりと室内に広がっていく。

「まずいね……」

「何が――」

そう尋ねたときには、凪が言った『まずい』の意味が嵐士にもわかってしまった。

「火!?」

扉と床の間から流れ込んできた液体が燃えていた。それはあっという間に広がって、彼らを包囲する。廃材と化した机や椅子に引火して、火は更に大きくなった。

そこでようやく嵐士は自分たちが嵌められたという事実と液体の正体を知った。

「ガソリン!?」

「どうりで部屋に入った瞬間に変な臭いがしたはずだよ。犯人はここで僕たち全員を焼き殺す気だ」

「や、や、や、や、焼き殺す!?」

「僕たちがここにやって来ることを知って、急遽考えたんだろうね。でもまぁ、いい手だよ。こうやって火をつければ、証拠も目撃者も厄介な追跡者もまとめて消すことができるからね」

火が恐ろしくないのか、凪はそう冷静に分析してみせる。嵐士はあたりを見回すが、塞がれてしまった扉以外に他の脱出口はない。

黒々とした煙があたりを覆いはじめ、嵐士は後ずさった。

「でもまぁ、焼け死ぬ前に煙で死ぬかな」

「不吉なことを言わないでください！」

「ふふふ、事実だよ」

そんなことを言ってる間も、火はどんどん彼らを追い詰める。熱が頬を焼いて、着ていた上着に火の粉が散って、そこにだけ穴が開く。

火がここまで来たとして、保証はないがきっと嵐士は無事だろう。今まで聞いた話からして、鬼となってしまった嵐士が火で焼け死ぬということはない。もちろん痛みは感じるだろうし、苦しいだろうが、恐らくそれだけだ。問題なのは凪たちである。

「ど、どうしましょう」

「大丈夫だよ」

「大丈夫って、なにが――」

その時、上から、パキパキ、という何かが割れるような音が聞こえてきた。

慌てて上を見ると、ちょうど凪の真上の天井がひび割れている。こちら側にへこんできている天井に、嵐士は息を呑んだ。

「こんな時のために――」

全く焦ることなく淡々と話す凪に、嵐士は体当たりをした。瞬間、いつも余裕綽々と言った表情を浮かべていた凪は目を丸くする。初めて見る彼の驚いた顔だった。しかし、それを意識する前に、天井が落ちてくる。とんでもない音とともに、流れ込んできた空気とホコリ。それらが室内全体に広がって炎を激しく揺さぶった。

嵐士は自分の身体を被せるようにして凪を守る。

「……なにしてるの？」

その声が聞こえてきたのは、天井が落ちてきた場所からだった。振り返ると、砂埃の中にシルエットが見える。嵐士よりも一回り小さいその陰には、どこかで見たことのある二つの耳のようなものがある。

風が吹いて、砂埃が払われる。そこに現れたのは、羅夢だった。

彼女はいつか見た巨大な斧を持ったまま、こちらを怪訝な目で見つめてきている。

「仲良し？」

「ふふ、はは、あははは」

こらえきれないというように笑い出したのは、嵐士の下にいた凪だった。彼は目尻に涙を溜めながらお腹をかかえている。その様子に、嵐士は自分が余計なことをしてしまったのだと理解した。

おそらく凪は羅夢のことを予め呼んでいたのだ。

羅夢が登場した場所を改めて観察してみれば、凪がいた場所とは少しズレている。つまり、別に嵐士が庇わなくても、凪は怪我をしなかったのだ。

嵐士は羞恥で頬が熱くなるのを感じた。

「凪、いつまでも笑ってないで、逃げるよ」

「早く上ってこい！」

上を向くと、穴の縁に現までもいた。彼ははしごを降ろしてくれる。

嵐士が監禁されていた人間の一人――津島を背負うと、凪は残った藤本の方を背負った。彼は現が降ろしたはしごを摑むと、こちらにニッコリと微笑みかけてくる。

「今のは惚れ直したよ？」

「は？　ほれ？」

よく分からず嵐士は首を傾げる。それはそもそも惚れてないと出てこない台詞だ。

とにかく、いろいろ言いたいことはあるが……

「俺、恋愛対象は女性です」

「あはは」

　また凪はおかしそうに笑った。


　一階に戻ると、まだこちらに火の手は回ってなかった。というより、犯人がガソリンをまいたのは地下だけのようだった。

「それで？　次はどうする？　コイツらに話を聞くか？」

　建物から少し離れた場所で、現は気を失っている二人を親指で指さしながらそう聞いてきた。凪は彼の質問に首をひねる。

「んー。この二人、なにか知ってるかな？」

「なにも知らないかもしれませんね。紙袋をかぶせられていたので犯人の顔は見ていないでしょうし」

「だよね。ま、何か有力な話を聞けたらそれが一番だけど。もう必要ないかな」

　必要ないという言葉に、嵐士は驚いた表情で、凪を見た。

「だってほら、鬼が誰だかわかっちゃったから」

12

翌日、嵐士たちは津島と藤本が運び込まれた病院に向かった。

診察した医師によると、彼らの健康状態はそこまで悪くなく、目立った怪我もしていないし、意識もはっきりしているので、数日もすれば退院できるとのことだった。しかし、やはり犯人の顔は見ていないようで、そこから犯人を特定することは難しいらしい。

嵐士と凪が津島と藤本のためだけに用意された大部屋の扉を開けると、そこにはすでに先客がいた。話を聞きに来たのだろう尾崎と月島。それと、息子の遺体を確認するついでに息子の悪友たちに文句でも言いに来たのか、岸辺智昭がいる。もちろん二人の部屋なので津島と藤本も一緒だ。

尾崎は扉を開けた凪を見るなり、まるで威嚇するように歯をむき出しにした。

「お前、なにしに来たんだ？」

「なにしに来たって、お見舞いだけど」

凪が手元の花束をかかげてみせると、彼は舌打ちをし、ますます目元を険しくした。

「お前がそれだけのために来るかよ。他にも目的があるんだろう？」

「さすがだね。うん、僕らの本来の目的はここにいる鬼を捕まえることだよ」

『鬼』という単語に事情を知らない人間たちはざわついた。

そんな彼らの注目を集めるように、凪は一つ手を打ち鳴らす。

「この中に一人、鬼がいます」

まるで決め台詞のように、凪はそう言った。

鬼がいる、という台詞に最初に反応したのは、岸辺智昭だった。彼は困惑を顔に張り付けたまま、よく分からないことを言い出した凪に「鬼？」と声を低くした。

「この事件の犯人ということですよ。貴方の息子である岸辺健太くんと永井さんを殺し、津島くんと藤本さん、それと僕と嵐士くんを焼き殺そうとした犯人のことです」

「もしかして、犯人がもうわかってるんですか？」

「ええ。もちろん」

岸辺智昭の問いに凪はしっかりと頷いた。

それと同時に、凪の視線がとある人物の方向を向く。

「鬼は貴方ですね。月島悠さん」

名指しされた月島は驚いた表情のまま「え？」と何度も目を瞬かせていた。その顔にはどうして自分が指名されるのかわからないといった感じの困惑が広がっている。

「お前！　いい加減なこと言いやがって！」

仲間を犯人だと言われて頭に血が上ったのか、尾崎がこちらに詰め寄ってくる。彼の手はまだ凪にかかっていないが、あと少しでも何かがあれば、大乱闘に発展してしまいそうな一触即発の空気があった。

「いい加減なことじゃないよ。僕は至極真っ当に言っている」

「おま――」

「否定するのは構わないけど、それは僕の話を最後まで聞いてからにしてくれないかな。ここでやっただのやってないだのを言い合うのは時間の無駄だろう? お互いに」

凪の言葉に尾崎の眉間のシワが深くなる。しかし、とりあえず話を聞くことにしたのだろう。彼は腕を組むと壁に寄りかかった。

「それでは、順を追って説明するね。まずは犯人の動機から。犯人は、永井さんと、岸辺くんを殺し、そこにいる津島くんと藤本さんも殺そうとしていた。正確に言うなら犯人を追いかけていた僕と嵐士くんも殺そうとしていたけど、こちらは突発的な犯行ということで当初の犯人の計画には入っていなかったと考える。すると、犯人はこの四人に強い恨みを持っている人物、もしくは恨みはないけれど彼らを殺すことによって何か利益を得る人物だということになる。……ここまではいいかな?」

「無差別ってことはないのか?」

「あり得ないとは言い切れないけど、無作為に選んだ四人がたまたま普段から仲のいい四人組だったというのは、確率的にかなり低いんじゃないかな。それなら四人に何かをされて、彼らのことを恨んでいた人物が犯人と考える方が自然だよ」

説明に尾崎が納得したのを見て、凪は話を切り替えるように手を叩く。

「さてそれでは、犯人は四人に対してどんな恨みを持っていたのか。次はそれを考えるよ。ここで注目したいのが、岸辺くんの金回りがここ最近とても良かったことだ。恋人である永井さんに彼は四十万円もするブランドバッグを買ってあげていたという。――お父さん」

そう話を振られ、岸辺智昭はむっつりと「……なんですか？」と言った。

「健太くんにお小遣いなどはあげていましたか？」

「やるわけないでしょ。あんな迷惑ばかりかけてくるやつに、なんでこれ以上金をかけないといけないんだ」

その説明に凪は満足そうに頬を引き上げた。

「岸辺くんはバイトもしていないようだった。つまり、そのお金は誰かから手に入れたということになる。同じ学校の生徒から聞いた話によると、岸辺くんはカンパと称して生徒たちからカツアゲのようなことをしていた。だけど、それだけではなかなか四十万のカバンを買うまでには至らないだろう。つまり彼には、他にお金の当てがあった。それこそ四十万円をポンと出してくれるようなゆすり先があったんだよ」

「ゆすり？」

「そう、ゆすり。真っ当な手段でお金を得ることができないのならば、彼らができるのはそれぐらいだ。岸辺くんは誰かを脅してお金を得ていた。ここで思い出してほしいのは、岸辺家に空き巣が入った件だ。この時の空き巣犯はなぜか岸辺健太くんの部屋だけを荒らしていた。しかも、なぜかノートの紙と紙の間までしっかりと確認するように家探しをしている。そんなことをするぐらいなら別の部屋を探せばいいのに、それはせずに空き巣犯は岸辺くんの部屋だけ入念に調べている。このことからわかるのは、①空き巣犯は間違えたのではなく岸辺健太くんの部屋にだけ用事があった。②空き巣犯は紙のような薄いものを探していた。この二つだ」

「つまりお前が言いたいのは、岸辺に脅されてたやつと空き巣犯が同一人物だってことだな？　それで、そいつは岸辺の部屋で薄い紙のようなものを探していた。……それが正しいのなら、おそらくそれが脅されるにいたったブツってところだな。そう考えると、写真、あたりか」

先程まで歯をむき出しにして怒っていた尾崎も、凪の語りに意識を持っていかれているようだった。

「では次に考えることは何なのか。それはもちろん、空き巣犯はなにについて岸辺くんから脅されていたのか。そこでヒントになったのは、岸辺智昭さんが話していたことだ」

「私が？」

「ここらへんでは前々からよく犬や猫が殺されていたそうですね。その犯人として有力視されていたのが、やっぱり岸辺くんだった。しかし、それには証拠がなく、彼も友人に猫のことを聞かれた際、はっきりと否定をしている。けれどその時、気になることも言っていたらしい」

「気になること？」

「『世の中には善人面して悪いことをする奴がいっぱい居るよな』これ、聞きようによっては、岸辺くんは猫を殺した犯人を知っていて、その人物のことを『善人面して悪いことをする奴』と称したというふうに聞けるんじゃないかな？」

「まぁ、そういうふうにも聞けるが……」

「以上のことから、僕はこの事件の犯人は猫殺しの犯人と同じだと見ている。動機は猫を殺したところを岸辺くんに目撃された、もしくは殺したことを示す証拠を持っていたから。岸辺くん以外の三人を狙ったのは、きっと彼と仲良くしていたからじゃないのかな？　岸辺くんが仲間に話している可能性を考慮したんだろうね。現に永井さんはブランドバッグを買ってもらったと自慢していたときに『臨時収入が入ったみたい』と口にしていたという。もしかするとプレゼントをもらう際、なにか聞いていたのかもしれないね」

「でも待てよ。どうしてそれが月島だって話になるんだよ？　今のところなにも証拠は出てないぞ？」

「証拠は、月島くん自身が持ってるよ」

「ぼ、僕が？」

「昨日、月島くんの車に乗せてもらった時、見たんだよね。粘着式のカーペットクリーナーについた動物の毛を」

「あ、あれは、飼っているペットのもので——！」

「おかしいな。よもぎ荘はペット不可のアパートのはずだけど」

凪がそう首を傾けると、月島はあからさまにしまったというような顔をした。

「カーペットクリーナーについている毛が殺された動物のものかどうかは、調べればすぐにわかると思うよ。それでも足りないというのならば、警察の総力をあげて岸辺家を探したらいい。どこかに月島くんが猫を殺したという証拠が眠っているはずだ」

「待てよ！　それじゃ、月島は犬猫を殺し回っていたことを隠すために、人を殺したってのか？　破綻してる！　こう言っちゃ悪いが、犬や猫を殺すのと、人を殺すのじゃ罪の重さがぜんぜん違う。釣り合ってない！」

「それが、釣り合うのだとしたら？」

「どう考えても、釣り合うわけねぇだろうが！　動物虐待をした後、罰金だけ払って元通りの生活をしているやつはゴマンといる。それと――」

「でも、警察官は続けられない」

　これにはさすがの尾崎も黙るしかなかった。

「月島くんは警察官であることに執着しているようだった。犬猫殺しとはいえ、バレてしまえばもう二度と警察官に復帰することはできない。彼にとっては猫を殺そうが、犬を殺そうが、人を殺そうが、警察官を続けられないという意味では一緒なんだよ。ようは天秤の皿に何を載せるかという話なんだ」

　その言葉に、嵐士は凪と一緒に月島の車に乗ったときのことを思い出した。

『正直、警察官を続けられるのなら、なんだってしますよ』

　あの時の嵐士は、月島の放ったその言葉をそこまで深くは考えていなかった。だってまさか、人を殺してまで警察官を続けようとする人間がいるとは思わなかったのだ。

　凪の顔には酷薄な笑みが浮かんでいた。それはどこか獲物を追い詰めているときの蛇のように見える。

「でもまぁ、僕もそんなものは建前だと思っているよ。結局のところ、月島くんは人を殺してみたかったんでしょう？　犬や猫を殺しているだけじゃ我慢できなくなった。だから、自分の中でまだ殺すのに罪悪感が少ない人間を選んだだけなんじゃないのかな？」

「ま、待ってください！」

そう声を上げたのは、月島だった。彼はもう我慢ならないとばかりに、こちらに身を乗り出してくる。

「勝手に話を進めないでください！　貴方が提示した証拠でわかるのは、僕が動物を殺していたということだけだ！　そこから永井さんや岸辺くんを殺したという話になるのは飛躍のしすぎです。他の人だって、例えば岸辺くんのお父さんだってあんなに息子のことを毛嫌いしていたんだから――」

「昨晩さ。実は、連絡したの、月島くんにだけだったんだよね」

「はい？」

「だから昨日、廃病院に行くことを予め連絡しておいたの、月島くんにだけ、なんだ」

瞬間、誰の目にも明らかに月島は青くなった。

「昨日起こった廃病院での火事。犯人の行動は明らかに僕らが予めあそこに行くことをわかっている人間の動きだった。君には『他の人間にも連絡している』って伝えたと思うけど、実は連絡を入れていたのは君だけだったんだよ」

嵐士はそれを聞きながら思い出していた。

確かに昨晩、凪は屋敷から出る直前、現にこう言っていた。

『あ、やっぱり連絡は月島くんだけにしておいて』

『は。なんで？』

『犯人を絞り込むため、だよ。あ、これは悟られちゃ駄目だから、他の人間には自分から連絡しておくってきちんと言っておくんだよ』

　きっと、あのときにはもう凪は月島のことを怪しいと思っていたのだろう。

　嵐士は、助手席においてあった粘着テープ式のカーペットクリーナーを見つめる凪のどこか冷たい視線を思い出していた。

「僕らが廃病院に向かうまで十分足らず。その間に地下室にカルテと廃材をばらまいてガソリンを撒(ま)く。そういった準備ができるのは、予め情報を知っていた君以外あり得ない。君は他の人にも情報が渡っているなら、ごまかせると思っていたんだろうし、リスクを負ってまで殺したいと思うほどに僕らのことを警戒していたんだろうけど。焦ったね。君は昨晩、ただ逃げていればよかったんだ。そうすれば僕だって確信を得るまでには至らなかった」

　凪は不敵に唇の端を浮かべる。

「月島くん、人を嬲(なぶ)るのは、楽しかった？」

「そ、それは……」

　凪はさらに言い募ろうとする月島を無視して、こう歌い始めた。

「おにさん、こちら」

それは、誰もが知っているわらべ歌だった。

「てのなるほうへ」

凪は両手の親指と人差し指、それと中指をそれぞれくっつけて、大きな丸い穴を作る。

そして、その穴から月島を覗き込んだ。

「みぃつけた」

まるでその言葉が合図のようだった。

月島の身体が大きく膨れ上がったのだ。着ていたスーツは破れ、彼は赤黒い肉の塊と化していく。顔の半分が醜く引きつって、唇が裂けて歯がむき出しになる。目玉がこちら側に飛び出してきて、身体中の血管という血管が浮き出ていた。大きく肥大した腕は人の身長の二倍ほどに見える。

『なんで、なんでぇ、なんでぇぇぇぇぇ』

耳が痛くなるほどの声は、男性のようにも女性のようにも子供のようにも老人のようにも聞こえた。聞いているだけで吐き気を催してくるような気持ちの悪い声である。

――これが、鬼？

正直、もっと生易しい想像をしていた。こんなゾンビ映画のクリーチャー顔負けのやつが、自分と同じ存在だなんてちょっと信じたくない。

呆然としている嵐士とは対照的に周りにいる人間たちは、尾崎を含めて皆一様に恐怖の表情を浮かべていた。岸辺智昭なんて腰を抜かして、その場から動けなくなっている。昨日助け出されたばかりでまだベッドにいる二人は、必死にナースコールを押していた。しかし、看護師がやってくる気配はない。

「血吸」

その声は小さいがよく通った。

声のした方を見れば、正面に手を出した凪がいる。いつの間に怪我をしたのか、彼の右の手のひらからは血が流れていた。それも結構な量で、ぼたたたた……と、床に大きな丸い血溜まりをつくっている。

「……おいで」

凪がそう呼びかけると、血溜まりの中から何かが、ぬぅっ、と生えてきた。

それは、一振りの刀だった。刀は最初、凪の血を反映したかのような赤黒い色をしていたが、凪が触れると薄紙が剝がれるように血の色も剝がれていった。

気がついたときには、凪は一振りの刀を手にしていた。

それはまさに、瞬きの間だった――

ぶわりと風が舞って、かつて月島だった鬼に一閃が入る。それは肥大した腕を身体から切り離すような軌跡を描いていた。

『キエェエエェェェェエェェ』

耳をつんざくような、人ならざる声が空気を震わせた。

それと同時に鬼の腕がボトンと、床に落ちる。鬼の身体から血が噴き出した。死ぬ前の鶏を思わせる甲高い叫び声を上げながら、かつて月島だったモノはのたうちまわる。天井や床、ベッドのシーツや壁紙などを、鬼は自らの血で赤黒く汚していく。そうしていると、鬼の身体はどんどん小さくなっていった。それはまるで水風船のようだった。そして最後は、もとの月島と同じ大きさになっていた。もう先程のように勢いよく出血はしておらず、彼が呼吸をするたびに、ビチャビチャ……と床を濡らす程度になっている。

小さくなった鬼は膝をつく。そしてバタンと前のめりに倒れてしまった。

その数秒後、今度は鬼の身体が瓦解し始める。黒い煤のように散り散りになって、空気に溶けていく。そして最後に残ったのは脈動する肉の塊だった。

嵐士はそれを見て一瞬で理解をする。これが、魔、なのだと。酒呑童子の肉塊なのだと。

凪は膝をついてその肉塊をつまみ上げると、外套のポケットから取り出した手のひら大のガラス瓶に押し込んだ。そして、こちらを見上げながら頬を引き上げる。

「初仕事、お疲れ様」

13

それは、嵐士が『CALM』で暮らし始めて二週間がたった、ある日の昼下がり。

凪はいつぞや嵐士と一緒に訪れた尾道の駅前広場で、とある人物と待ち合わせをしていた。

「ったく、へんなところに呼び出しやがって。こっちだって別に暇じゃねぇんだぞ」

そんな凪に悪態をつきつつ現れたのは尾崎だった。彼は珍しく私服姿で、足元も歩きやすさを考えてかスニーカーを履いている。

「再就職先、決まったの？」

「まだ決まってねぇよ。まぁ、独りもんだしな、ゆっくり決めるわ」

尾崎はこの二週間で警察官を辞めていた。理由はもちろん月島である。

鬼へと変わってしまった月島の死は、すぐさま事故死として処理をされ、彼が鬼に変わる瞬間を見ていた人たちには記憶の処理が施された。もちろん目の前の尾崎の記憶も同様に改ざんしてある。しかしながら、それで月島がやってしまったことが変わるわけではなく、人を二人も殺してしまった部下の責任を取るように、尾崎は警察を辞めることになってしまったのだ。

「なんならウチで働く？　馬車馬のように働かせてあげるよ？」

「お前のところで働くなんざ、死んでもゴメンだね」

口調こそ乱暴だが、もう張り合う理由の無くなった彼の表情は穏やかだった。

「で、なんで呼び出したんだ？　警察官でなくなったんだ。俺から教えられる情報はもうねぇぞ」

「いいよ、そんなこと。聞きたいのは尾崎くんのことだから」

「俺の何が聞きてぇんだよ。きもちがわりぃ」

尾崎が馬鹿にするようにハッと息を吐き出す。

それを見ながら、凪は口を開いた。

「尾崎くん。君だよね？……月島くんに人を殺させたのは」

凪の言葉に尾崎は驚いたように目を見開いた。しかしそれも一瞬のことで、彼は直ぐに元の仏頂面に戻ってしまう。

「なにか証拠があるのかよ」

「なにもないよ。強いて言うなら……これだよね」

凪はポケットから一枚の写真を取り出す。

それは遠目から一人の男を撮ったものだった。公園の片隅で黒い雨合羽に身を包んだ彼は、手になにか茶色いものを持っている。それはよく見れば子猫の死体だった。雨合羽のフードに隠れて判別しづらいが、男は月島に見えた。

「岸辺健太くんの家で見つかったよ。尾崎くんが彼に宛てて送ったものだよね？」

「……なんでそう思う？」

「写真ってのはさ、顔の位置で撮るんだよ。それには多少誤差があるけれど目元の位置から大きく外れることはない。この写真を見せてもらってから、僕は同じ位置で写真を撮ろうとしたんだよ。そしたら目の位置が結構高くてね。僕の見立てだと、この写真は身長一九〇センチ以上の人間が撮ったものだ。尾崎くん、君、身長それぐらいだよね？」

「まぁ、そのぐらいだが、身長だけじゃ甘いな。俺が送った証拠にはならん」

「だから証拠にはならないと言ったじゃないか」

何がおかしいのか、凪は肩をゆらす。

「尾崎くん、君は前に嵐士くんに言ったんだってね。『俺には一線を越えるやつが分かる』って。あれって、案外本当だったんじゃない？　尾崎くんには月島くんが一線を越える側の人間だってわかっていた。だから、あの四人を殺させるためにこの写真を送って月島くんを追い詰めた。違う？」

「……俺がなんのためにそんなことをする必要があるんだよ」

「娘さんの事故の件、調べたよ。娘さん、自転車で踏切に突っ込んだんだね。坂道でブレーキが利かなくて、走っている電車に、そのまま」

当時のことを思い出したのか、尾崎が視線を下げた。

「それが四年前。ちょうど岸辺くんたちが学校にある自転車に細工をして、警察沙汰になった時期だ。娘さんの自転車、岸辺くんたちに細工されてたんだね」

尾崎はしばらく何もしゃべらなかった。黙って海の方を見つめたまま木の欄干から身を乗り出している。

彼はポケットから煙草を取り出すと一本咥えて火をつけた。すぐさま白い煙が立ち上り、尾崎は大きく深呼吸するように煙草の煙を吸い込んだあと、それらをすべて吐き出した。

「自転車の異変に気がついたのは、娘が電車に突っ込んでばらばらになってから、一週間後のことだった」

その声は先ほどよりもずっとずっと重たい響きを有していた。

「娘の自転車がようやく家に帰ってきてな。俺は庭でそれをじっと眺めてた。じっと。飽きるまで。家からは美智子の泣き声がずっとしてたな。家に入れなかったんだ。だから鉄くずになってしまった自転車をただひたすらに眺めていた。そしたらふと、ブレーキに目が行ってな。近づいて見てみたら、まるでペンチで切られたみたいにブレーキワイヤーが切れていたんだ。ワイヤーの先には黒いテープが巻き付いていてな。最初はそれがなにか分からなかった。ワイヤーだって、その時は電車に巻き込まれたときに切れたものだとばかり思っていた。真相がわかったのは、それから一ヶ月後。久々に仕事に戻った時だった。たまたま同僚から聞いたんだよ、岸辺たちのことをな。『とんでもないことをする中学生たちがいる』って。その時にはもう、奴らが自転車にいたずらした件は署内で結構有名になっていた。まぁ、俺は知らなかったんだが。それで、手口を聞いて唖然(あぜん)としたよ。あいつらはブレーキワイヤーを切って、それがバレないように黒いビニールテープで覆い隠してたんだと。その時、思ったよ。あぁ、娘はそいつらに殺されたんだってな。ブレーキワイヤーについていた黒いテープの正体もこの時初めて知った」

煙草の灰がぼとりと落ちた。

「あの自転車な、中学に入学するときに買ったんだよ。別に高いものでもないのに『大切にする』って娘は大喜びして……」

「どうして気づいた段階で誰かに言わなかったの？」

「言ったって、あいつらが死んで償ってくれるわけじゃねぇだろ？　よくて一年から二年少年院に入って、全部清算したことになっちまう。駄目だろそれじゃ。俺の娘は死んだのに……」

尾崎はポケットから携帯灰皿を取り出すと、その中に煙草を放り込んだ。そして指でギュッと押しつぶす。

「でも、ずっとなにもできなかった。なにもできなかったんだ。俺はあっち側の人間じゃなかったから、なにもできなかった。心底自分を呪ったよ。なんで娘が殺されたのに復讐さえもできないんだろうって。……そんな時に月島が猫を殺しているところを目撃したんだ」

尾崎はそこで改めて凪の方を見た。

その顔は、ここに来たときよりも少しだけ老けて見えた。

「月島はうちに配属された当初から危なっかしいやつだったよ。真面目で人の言うことをよく聞くんだが、正義の基準を自分の中できっちりと持っているやつでな。そういうやつは正義の外側にいる人間にとことん厳しくなっちまう。そのうえ、あいつは人に怒りを向けることに快感を持つようなやつだった。ああいうやつはだめなんだ。加害の快楽に飲まれやすい。月島は、いつかやらかしてしまうってなんとなくわかってた。だけどやっぱり一線を越えているところを見ると震えたな。まったくの他人ならなんとも思わねぇんだが、一応、可愛がっている部下だったからな。でも同時に、変な考えも浮かんだ。俺の代わりにあいつに復讐してもらおうって最低の考えがな。

んで、気がついたらスマホであいつの写真を撮っていた。そこからはお前の考えてるとおりだよ。……って言っても、写真を岸辺に送り付けて、悩んでいる月島の背中をちょっと押しただけなんだけどな」

尾崎は一度言葉を止め、そして小さく深呼吸をした。

「あいつらはろくなやつじゃないから、この世から消えた方がいい」

きっと尾崎はその台詞(せりふ)で月島の背中を押し続けたのだろう。

「紛れもない本心だったよ。予想外だったのは、月島が俺の想像の数倍イカれていた事だ。今言って信じてもらえるか分からねぇが、本当に殺すとは思ってなかったんだよ。だから事件が起きた時は本当にビビった。正直信じたくなくて、いつもよりもだいぶ空回っちまったな。嵐士だっけ？　あいつにも悪いことをしたな」

おそらく尾崎の想像は間違っていない。きっと魔が差さなければ、月島はそこまでのことはしていなかったはずだ。夜中に相手を襲う、ぐらいのことはしていたかもしれないが、殺すまでにはいたっていなかっただろう。

尾崎は凪をその場において歩き始める。凪はその背に声をかけた。

「どこに行くの？」

「……お前がそれ聞くのか？」

「別に僕は自首を勧めに来たわけじゃないよ」

「んじゃ、本当に俺の話を聞きに来ただけってわけか？」

「うん。僕は正義の味方じゃないからね」

「お前のそういうところ、本当に気に入らねぇんだよなー」

尾崎はきっとこのまま古巣の警察署に向かうのだろう。凪にはなんとなくそれがわかっていた。しかし、それを止める気も応援する気も起きなかった。

「ねぇ、尾崎くん」

「ん？」

尾崎が足を止め、振り返る。

「尾崎くんから見てどう思う、嵐士くんは」

「なにが？」

「一線、越えそう？」

尾崎は少しも悩むことなく、こう吐き捨てた。

「あいつは越えねぇだろ。どうやっても」

「だよねぇ」

思わず笑みが浮かぶ。

それならどうして彼は鬼になっているのだろうか。

凪は尾崎を見送りながら、そんなことを考えていた。

閑話

1

月島を鬼として処理してから一ヶ月後——

「すみません。お会計、お願いします」

「あ、はーい」

ブックカフェ『CALM』に、ひとりの店員が加わっていた。嵐士である。

接客業などしたことがないと言っていたはずなのに、嵐士の応対はそつなく、おまけに愛想もいいので、羅夢ほどではないが、この店の看板店員になりかけている。

時間はお昼時。ブックカフェと言っても、奥の方で食事の提供もしているためか、客はそれなりに多かった。

「嵐士くん、結構慣れたねぇ」

カウンターに座ったまま、凪は奥で料理をしている現に話しかける。彼はむっつりとした顔で「そうだな」とだけ返した。

「不機嫌だね。バイト雇えって言ってたの現じゃなかった？」

「だからって、なんで鬼を雇うんだよ⁉」

「いや、働かざる者食うべからずって言ってたのも現だったよね？」

そう言いながら、凪は一ヶ月前のやり取りを思い出す。

あの頃の現は、部屋の中でぼーっとしている嵐士に腹を立てていた。嵐士としては、自分が監視対象だとわかっているのでみんなに苦労をかけないように部屋から動かなかっただけなのだろうが、現にはそれが日がな一日部屋の中で過ごしている怠け者に見えたらしかった。

いや、もしかしたら気にしていただけかもしれない。

毎日暇そうに部屋にこもっている嵐士に、現なりになにかさせたいと考えたのだろう。あんな事を言いつつも、嵐士の身の回りの世話を一番焼いているのは、彼だった。ちなみにこんなふうに文句を言っているが、嵐士にカフェの仕事を教えたのも現である。

「ふたりとも、サボってないで働いたらどう？　現、ホットサンドとミルクシェイク」

「へいへい」

羅夢の言葉に、現は注文されたメニューを作り始める。『CALM』では現が料理担当で羅夢が配膳担当だった。オーナーである凪はスイーツの担当なのだが、盛り付けは基本的に現に任せているし、その日の分はもう朝か前夜のうちに作っておいてあるので、開店している間は基本的に本を読んでいるか、うたた寝をしているかの、どちらかだ。

ちらりと壁にかかっている時計を見ると、十三時になっていた。

凪はたまたま近くを通りかかった嵐士を呼び止め、他の客に聞こえないように声を潜める。

「嵐士くん、そろそろお昼の営業は終わりだから、外に『CLOSE』の札出しておいて。最後のお客さん帰ったら僕らも休憩だよ」

「あ、はい！」

『CALM』の営業は基本的に朝の九時から十三時までの四時間と、十五時から十九時までの四時間である。休みは不定期。休みたいときに休んで、働きたいときに働くという業務形態をとっている。

趣味で開いている店なので、利益のこととかもあまり考えずゆるゆるとやっているのだが、そういった雰囲気が瀬戸内海の穏やかな気候にどうやらあっているらしく、開店以来、客は途切れることなく来てくれていた。

『CLOSE』の札を出してから数十分後、最後の客が店を後にし、昼休憩に入った。

「みんな、お疲れ様ー！」

「おい、嵐士。一応テーブル周りとか確認しとけよ！」

「あ、はい！」

「現、それ、パワハラ」

「パワハラじゃねぇよ……」

そんなことを言い合いながら、カウンターに集まった。

お昼は大体みんなで一緒に摂るのが慣例になっていた。カフェにある材料を好きに使って良いルールにしてあるので、自ら好きなものを作ったり、一週間だけ当番制でみんなのぶんの食事を作ったりと、様々である。

「あ！」

そう声を上げたのは、テーブル周りを確認していた嵐士だ。凪たちは立ち上がり、彼の様子を見に行く。嵐士はとある窓際の席で、一冊の本を片手に呆然としていた。

「どうかしたか？」と現が声をかけると、嵐士は「あ、いや……」と迷うような声を上げた後、その本をこちらに見せてきた。

「本が……汚れています」

嵐士が言った通り、その本の裏表紙には深緑色のシミがついてしまっていた。

2

「コレはお茶、か？」

「……みたいですね。それか、青汁とか？」

四人はカウンターの上にその一冊の本を置いた状態で会議をしていた。本自体はハードカバーなので、中の紙に染みてはいないが、裏表紙は誰が見てもわかる程に汚れてしまっていた。

現は本の裏表紙に指先を這(は)わせつつ、首を傾げた。

「でも、今日ついたものじゃないな。乾いてる」

「それじゃ、いつついたものなんですか？　昨日？」

「いや。この本、昨日は汚れてなかったよ。僕、昨晩読んだばかりだし」

凪が本をまじまじと観察しながら、首を傾げる。ブックカフェに置いてある本は、すべて凪の蔵書で、たまに部屋に持って帰っていたりもする。

「それなら、やっぱり今日ついたものか。この本を読んでたやつはわかるか？」

「今日読んでたのは少年だったよ。野球帽を被(かぶ)っている、小学五年生ぐらいの……」

「あ、その人見ました！」

嵐士は手を挙げた。十一時ごろに接客をした子どもだ。『一番安いのは、どれですか？』とメニュー片手に聞いてきた少年の姿を思い出す。『CALM』ではソフトドリンクが一律で百五十円なので、嵐士は少年にそれを案内した。

凪の言う通り、帽子を被った少年で、リュックを背負っていた。

「あ。でもその少年、注文したのオレンジジュースですよ？」

本についたシミはどう見ても深緑色だ。オレンジジュースを零したのならどうやってもこんな色にはならないだろう。

現は難しい顔で腕を組んだ。

「じゃぁ、それを零したってわけじゃないか」

「でも、他にはなにも頼みませんでしたよ？」

「それなら、家から持ってきたものを零した、とか？」

「それもないと思うよ。もしそうだとしても、ここまで乾いているのはやっぱりおかしいと思う」

結局、何がどうしてこんなことになっているかわからない状態だ。

四人は同時に首を傾けた。

「そもそもさ。これ、本当にうちのものなのかな？」

そんな疑問を口にした凪に、嵐士は「え？」と驚いた表情になった。本自体が入れ替わっているというのは確かに今まで出てこなかった発想だ。

凪は本の最後のページを開くと奥付が書いてある場所を確認した。

「やっぱりそうだ。この本うちの本じゃないよ」

そう言って彼は、こちらにも最後のページを見せてくれる。

そこには、本のタイトルから始まって著者名、発行者、発行所、装丁者等が書かれている。凪が「ここ見て」と指した場所には、日付と初版発行という文字が書かれていた。

「うちの本棚にあったのは第五版。この本は第一版だ。つまりタイトルは同じでも本自体は全く別物ということだね」

「……つまり、誰かが本を入れ替えた？」

「誰かじゃなくて例の少年だろうね。僕が見ている限り、今日この本を読んでいたのは彼だけだから」

「間違えて……じゃねぇよな」

「そうだろうね。どう考えても意図的だよ」

確かに、なかなか偶然で起こることではない。タイトルが全く同じ本をわざわざ家から持ってきて、ブックカフェの本と入れ替えた、と考えるのが普通だろう。

「いったいなんのために……」

その時、嵐士の頭にひらめきがおりてきた。

「あ、もしかして！」

「どうかしたか？」

「こういう古い本って、古本屋さんですごい値打ちがつくって聞いたことありますけど、それが目的なんじゃないですか？」

「つまり、元々ここに置いてあった本が高価で、古本屋に売るために自分の家の本と交換したってのか？」

「それはないね」

すぐさま否定したのは本の持ち主である凪だった。

「どうしてですか？」

「だってこの初版、すごく高いもん」

「は？」

「この本の第一版、部数が少ないんだよ。マニアの間では結構な金額になってると思う。僕が持っていた版となんて比べるのもおこがましいよ。価格でいうなら十倍近くちがうかもだし」

「十倍!?」

「つまり、金銭目的じゃない？」

「そういうことだろうね」

そう考えるとますますわからなくなってくる。

どうして少年はこの本をここに置いて帰ったのだろうか。

「てことは、汚れてたからキレイな本と交換したってこともなさそうだな。そんだけの価値のモンなら、古本屋に売るとかして新しいものを買えばいいだけの話だもんな」

「でも、その男の子が本の価値を知らなかったって可能性もある」

そこで初めて羅夢が口を開いた。

それはたしかにそうだ。この本が高額だというのは凪が知っていたから嵐士たちも知ることができたのだ。少年が知っていたかどうかはわからない。

凪は眉根を寄せつつ本を掲げてみせる。

「困ったね。勝手に置いて帰られたとはいえ、こんな高価なもの、ずっと持っとくわけにもいかないよね」

「そうだな。でも、届けようにもその少年がどこの誰だかわかんねーからなー」

「私、知ってる」

そう言って手を挙げたのは羅夢だった。

「知ってるんですか？」

「うん。坂の上にあるおうちの子。この前お葬式してたとき、見た」

「あー、あそこの子どもか」

現もどこの家の子どもなのか見当がついたらしい。

ちなみに嵐士にはさっぱりだ。どこかで葬式をしていたのは見た気がするが、それがどこの家だったかまでは全くわからない。

「嵐士、今日買い出し予定だっただろ？　ついでに行ってこい！」

思ってもみない現の言葉に、嵐士は「え!?」と声をひっくり返した。

「嫌なのか？」

「嫌っていうか。俺、どこの家のことかわかってないですし……」

「あー……、それもそうか」

それに、正直あの年代の子どもとどう接すればいいかわからないというのもある。

「それなら、私もいこうか？」

そう言ったのはなんと羅夢だった。

思わぬ申し出に「いいんですか？」と少し驚いたような声を出してしまう。

「私、おうちわかる。子どももすき」

「そうなんですか？」

羅夢は頷いた。

正直な話、羅夢にそんなイメージは全然なかった。というか、彼女が誰かに興味を持っているというイメージがわかないのだ。でも、家に行くのも一人でできそうにないし、子どもの扱いもわからないので、一緒に行ってくれるのならば本当にありがたかった。

「それじゃお願いします」

嵐士が頭を下げると、羅夢は唇の端を上げて「うん。わかった」と頷いた。

3

それからお昼を食べて、嵐士と羅夢は本を返しに行くことになった。十五時から午後の営業が始まるのでそれまでには戻ってこいというお達しを受けている。

二人は階段と平たい道が交互に続く坂道をのぼっていた。

「本当に尾道の坂道って厳しいですよね……」

振り返れば、少し前まで自分たちがいたところがはるか下に感じた。海岸線にある建物なんてもうミニチュアに見える。

嵐士は一度足を止めて、肩でしていた呼吸を整えた。一方の羅夢は嵐士を置いてスタスタと階段を上っていく。その顔に、まったく疲れは見えない。

嵐士は彼女に追いつくように、必死に足を動かした。

しばらくそうして上っていると、不意に嵐士の視界に羅夢がしゃがみこんでいるのが映った。もう随分と先に行ってしまったのだとばかり思っていたので、これには嵐士も驚いてしまう。見れば、羅夢は猫を撫でていた。

「なにしてるんですか？」

「嵐士くん、待ってた。もしかして私、はやい？」

「あ、いえ。……………ちょっと、はやいです」

少しだけプライドが頭をもたげたが、慌ててかき消した。ゆっくりと歩いてもらえるのならばそれが一番良いに決まっている。

羅夢は撫でていた猫を抱きあげ、立ちあがった。

「わかった。それなら、ゆっくり歩くね」

そう言うと、彼女は本当にゆっくりと歩き始めた。先ほどのペースに比べれば半分程度だ。

というか、なんで猫を抱えているんだろうか。猫もなんで逃げないのだろう。

――危機感がないぞ。野生だろうが

「にゃぁ！」

心の中でも読まれたのだろうか、腕の中にいる猫が可愛らしく鳴く。

羅夢はそんな猫に視線を落とし、優しく撫でた。

「羅夢さんって、優しいですよね？」

言葉は自然に漏れていた。羅夢はこちらを向く。

「優しい？　猫に？」

「いや、猫にもそうなんですが、俺にも優しくしてくれるじゃないですか。現さんがすごく俺の面倒を見てくれるのも、凪さんが何かと気にかけてくれるのも分かってはいるんですが、羅夢さんはこう、優しさがダイレクトっていうか。そういう人、あそこにあんまりいないので、なんか助かるというか、癒やされるというか……」

そこまで言って初めて、なに言ってるんだろう自分は、と頬が熱くなった。

羅夢が優しいのは本当だが、彼女だって鬼のことは殺したいと思っているはずだ。出会った時だって彼女は嵐士が鬼だと知るやいなや、斧で頭をカチ割ろうとしてきたのだ。そんな相手に『癒やされます』なんて言われても迷惑なだけだろう。

「いや、なんか。すみま――」

「私も一緒だから」

「え？」

「私も一緒だから、優しくしたくなるの、かも？」

そう言って、首をひねった彼女は酷く自信なげだった。

「いっしょ？」

「私も、半分は鬼だから」

驚きで言葉が発せられないというよりは、意味が理解できず黙ったという方が正しかった。彼女は一体何を言っているのだろう。鬼？　しかも半分というのはどういうことだろうか。嵐士が知らないだけで、半妖みたいな感じで半鬼みたいな存在がいるのだろうか。

嵐士が黙ったままでいると、彼女は歩く速度と同じようにゆっくりと語り始めた。

「私の母は人。でも、私の父は、鬼」

「え⁉」

「昔、父は母に無理やりな行為をした。それで私ができた。だから私には生まれた時から鬼の血がながれている」

嵐士は絶句してしまった。羅夢はいつもと同じように感情のない瞳で淡々と語っているが、聞いているこっちはどういう顔をしていればいいのかわからない。彼女はなおも続ける。

「母は父に監禁されてた。だけどある日、神祇庁の人が助けてくれて、私を産んだ」

「あの、今、お母さんは？」

羅夢はかわいらしく小首をかしげる。そして小さな声で「さぁ」と呟いた。

「私を産んで、消えた。だから何も知らない。どんな人だったのかも、わからない。

お母さんが助けられた時、私はもう生まれる直前だった。生まれた私は神祇庁の人たちに引き取られることになった。神祇庁は私の扱いに困った、みたい？　殺そうという声も多かったって聞いた。こういう例は珍しいから、研究の対象にしようって話もあって。そしたら凪が『僕が後見人になるよ』って」

羅夢が言ったはずの言葉は、なぜか凪の声で聞こえた。

「それからはずっと凪のそばで生きてる。凪がいなかったら、きっと私はもう死んでいた……と、おもう」

「凪さんって、優しい人、ですよね」

「そうだね」

羅夢は嵐士が今まで見た中でいちばん優しい顔をする。

もしかすると羅夢にとっての凪は、仕事の仲間以上に家族なのかもしれない。

「でも、そういうことが言えるってことは、凪さんって神祇庁で結構偉い人なんですか？」

「うん、多分」

「多分？」と嵐士は首をひねった。

「偉いというより、怖がられてる。凪に文句言える人、私たち以外だと愛華（あいか）さんぐらい。うえにいるおじいちゃんたちも、凪にはなにも言えない」

れてる」

「神祇庁のすごく偉い人たち。凪は『融通が利かないクソジジイ』ってたまにブチ切

「おじいちゃん？」

——口悪いなぁ……

なんとなく、羅夢の教育上そういうのはよろしくない気がする。と言っても、もう彼女は十分育っているのだが。彼女のたまに見せるあどけない表情は、幼子のようで、守ってあげたくなるのだ。

「そもそも、広島支部は、凪のためのもの」

「へ。そうなんですか？」

「おじいちゃんたち、凪を中央に置いておくの嫌みたい。だから、飛ばされた。でも凪はそれを逆手に取って好きなことしてる。尾道に来たのもそうだし、カフェも勝手にはじめた。多分、嵐士くんのことも了承取らずに保護してる。おじいちゃんたち、頭が固いから、嵐士くんのこと知ったらすぐ殺そうとすると思う」

「ころ——」

「鬼はすぐ殺さないと駄目だから。話がわかるとか、優しいとか、そういうこと関係ない。それが神祇庁の共通認識。うちは凪が自由人だから、もうみんな諦めてる」

「な、なるほど……」

常識とか共通認識とかは、たしかに彼に通用しなそうだ。

「でも、その分私たちはすごく楽。誰にもなにも言われないから」

そう言った瞬間、彼女の笑みが深くなった。

同時に、凪が前に言っていた言葉の意味を、嵐士は改めて理解した。

『うちの支部にいる人間ってさ、僕も含めて割とワケアリなんだよね』

凪はきっとそういう人間を集めて自分のそばに置いているのだ。

そしてきっと、嵐士もその『ワケアリ』の一人なのだろう。

「だから、凪が嵐士くんのことを認めたのなら私も認める。凪がすることに間違いなんてない、とまでは言わないけど、私がすることよりもずっと正解に近い気がするから。……それに、鬼の仲間ができてちょっと嬉しい。私は半分だけど、他には同じような人いないから」

「俺も、羅夢さんと知り合えて良かったです」

それは、心からの言葉だった。

しかし、そこではたと嵐士は気がついた。羅夢は現在十六歳ぐらいに見える。

彼女の話だと凪は現と変わらないか、どう考えても成人したあとだろう。

「あれ？　でもそしたら凪さんって何歳――」

「見えてきたよ」

羅夢の声に嵐士は顔を上げる。

そこには黒瓦の日本家屋があった。庭も広く、隣には蔵のようなものもある。

敷地の外から中を覗(のぞ)けば、庭の方で一人の少年が土いじりをしていた。

「こんにちは」

そう言って声をかけると、少年の顔がこちらに向く。そして、酷(ひど)く強張(こわば)った。きっと嵐士たちがブックカフェの店員だと、すぐにわかったのだろう。警戒の色が強くなる。

「……なに？」

「えっと、君に一つ聞きたいことがあって。この本のことなんだけど……」

嵐士はカバンから一冊の本を取り出した。瞬間、彼が息を呑(の)むのがわかった。

「それ――」

「この本、入れ替えたの君だよね？」

「し、知らない！」

話の途中で逃げようとする少年を、羅夢が腕を摑(つか)んで引き止める。

少年は最初のうちこそ抵抗していたが、羅夢の力に抵抗しても無駄と思ったのだろう、すぐさま動きを止めて俯(うつむ)いた。

「えっと、俺たちは怒ってるわけではなくて、話を聞いてほしいだけなんだ。この本、実はすごく高価な本で……」

「高価？」

「うん。うちの本の十倍以上の値段がつくって話で――」

「それならそっちの方あげる！　だからこっちの本をください！」

「え!?」

「いいでしょ？　十倍なんでしょ？」

「いや、でも――」

「なにしてるんですか？」

その声は、嵐士のものでも、羅夢のものでも、少年のものでもなかった。

嵐士が振り返ると、そこにスーツを着た男女が立っている。二人は、少年に軽く頭を下げた。どうやら、この家の客らしい。

「兄弟喧嘩（きょうだいげんか）？」

そう聞いたのは、きっと羅夢が少年の姉に見えたからだろう。ここに来て初めて彼女を連れてきてよかったと思った。もし嵐士が少年の手首を掴んでいたのなら、不審人物として通報されていたかもしれない。

「あ、いえ。俺達は話を聞いていただけで……」

「話？」

「帰って！」

少年の甲高い声は、その場に轟いた。驚いたのか、それともそうするべきと判断したのかわからないが羅夢が彼の手を放す。

少年は先程よりも話が通じない状態になっていた。けれど、このまま帰るわけにはいかない嵐士は、拒絶を示す少年に諦めず声をかけた。

「いや、でも……」

「いいから帰って！」

少年に背中を押され、敷地から出される。

「もう来ないで！」

4

「どうするかなぁ。コレ絶対、現さんに色々言われるやつだよなぁ」

「そうだね」

「そうだねぇって、ひとごとみたいに」

「ひとごとだよ？　私は現になにも言われないから」

少年の家から追い出された二人は、諦めて帰路についていた。あれ以上家の前でねばっていても何も進展は見られないだろうし、それよりも現に帰ってこいと言われた約束の十五時になりそうだったからだ。

「あんたら、さっきは騒がしかったな」

並んで階段を下りていると、そんなふうに声をかけられた。声のした方を見ると二人の年配の男性がそばの石に腰掛けていた。年齢は七十から八十歳辺りだろう。こんな年齢になってもこの坂道を登ってくるのだから、本当に元気な人たちだ。

「あそこの子になんか用だったんか？」

「用ってわけじゃ……」

本のことは勝手に言わないほうがいいだろう。そう判断して嵐士は言葉を濁した。

「まぁ、変なことをゆっても、許してあげんさい」

「お父さんが亡くなったばかりじゃけぇねぇ。いなげな人じゃったけど、おらんよーなったらやっぱりさみしいんじゃろ」

なにを言ってるんだろう、というのが最初の感想だった。広島弁自体は標準語と近いところもあるので聞き取れないこともないが、年配の方の方言というのはまたさらに成熟した聞き取れなさがある。

「いなげな？」と嵐士が助けを求めるように羅夢の方を見る。すると彼女は「へんな、みたいな意味。変わった人、とか、よくない人、みたいな」と単語を訳してくれた。

「にしても、あれはひどかったなぁ」

「わしもあわてて自分の車調べたけぇね」

「湯田さんちのエアバッグも、いけんところのもんじゃったらしいよ？」

「あの子のお父さんは、エアバッグで死んだの？」

そう聞いたのは、羅夢である。

小首をかしげる可愛らしい彼女に、年配の男性たちの口も軽くなった。

「そうよ！　エアバッグから飛び出てきた金属でね」

「いけんところのエアバッグが車に入っとったらしいわ」

聞き取りにくいながらも、何とか話をまとめるとこうだ。

少年の父親は一週間と少しほど前に車の事故で亡くなったらしい。車の事故といっても単に運転を誤っての事故死なのではなく、彼はエアバッグで死んだという。

実は、父親の車についていたエアバッグが、先月からリコールの対象になっていたらしい。その理由は金属片だ。そのエアバッグは膨らむと同時に金属片が飛び散って、車に乗っている人間を負傷させてしまう。海外ではもう何人も人が亡くなっており、日本でも同じような死亡例がいくつか確認されているのだという。

少年の父親も飛び出した金属片が運悪く頸動脈を切り、それが原因で死に至ってしまった。つまり、不幸な事故だという。

「あの人、もともと運転荒かったけぇね」

「この前も擦っとったし、当て逃げもしとったし、遅かれ早かれやったんかもね」

「酒も飲んで運転するしな？　今回は居眠りしよったみたいじゃね。ぶつかる前、香田さんとこの息子さんが見たらしいわ」

「乗っとった車は、奥さんのものだったらしいわ。ほら、旦那さんのはこの前潰してしもうたから」

「前も警察に注意されとったのに、懲りん人じゃねー」

　嵐士や羅夢のことなど忘れて、彼らは話に花を咲かせている。

　それを聞くに、事故自体は大したものではなかったようだ。車のボンネットは潰れたが、ぶつかった民家の壁が崩れるようなこともなかったし、エアバッグさえ普通のものがついていたら少年の父親は死ぬこともなかったという。

「でも、どうせなら金返してから死んでほしかったわ」

「『近々、金が手に入る』とか、死ぬ前日には、『明日には金になる』とか言いよったのになぁ」

「あんな可哀想な奥さんからは取れんから、諦めるしかないんかいね」

「お父さん、借金でもしていたんですか？」

　話が気になりそう聞くと、男性二人は大げさに頷いてみせた。

「まぁ、そんなに大きい額じゃないけどね？」

「でもいろんな人たちに借りとったなぁ」

「しかも、平気で踏み倒そうとするけぇね」

年配の人たちが「いなげな」と言ったのが解るような気がした。話に聞くところ、少年の父親はあまりいい人とは言えなかったらしい。

「じゃけ、色々と大目に見てあげんさいね」

「あの年頃の子には色々あるけぇ」

そこから彼らの話題は別のところへ飛ぶ。

嵐士と羅夢はお礼を言い、その場を後にした。

5

「――で、本も返せずにのうのうと帰ってきたと」

「……すみません」

嵐士は現の前で項垂(うなだ)れていた。年配の男性たちから話を聞いていたため、結局約束の十五時にも間に合っていなかった。

凪と現でカフェを開けるのは現実的でなく、午後は臨時休業という扱いになった。

腕を組んでいる現はこちらをじっとりと見下ろしてる。

「まぁまぁ、現。そんなに睨（にら）まない。相手に拒否されたんなら仕方がないよ。それに、そういう理由なら少年が受け取らなかったのも仕方がないって思うよ」

「そういう理由？」と嵐士は顔を上げた。「もしかして、少年が本を交換した理由がわかったのか？」と現も身体を前に乗り出してくる。

「うん。嵐士くんたちの話を聞いてたら、なんとなく、ね。……知りたい？」

凪にそう聞かれ、三人は顔を見合わせた後、無言でうなずいた。

「それじゃまず、どうして少年が本を処分したかったのかを考えよう」

凪は入れ替わってしまった本を目の前に出した。

相変わらず裏表紙には緑色のシミがついている。

「僕らの店にあった本と、この本の違いはなにかな？」

「版と、裏表紙のところについているシミだろ？」

現がそう答えると、凪が頷いた。

「それじゃ、この二つの違いのうち、少年はどちらを隠したかったのかはわかる？」

「それは……」

現が悩む。どうやら今回は、凪がひたすらに語って謎を解くわけではないらしい。

「シミの方。あの子、この本が高価なものだというのは知らなかったみたい」

そう答えたのは、羅夢だった。顔の前に小さく手をあげている。

「そうだね、正解。少年は本についたこのシミをどうしても隠したかったんだ。でも、ここで一つの疑問が生じる。このシミを隠したいなら、本を処分すればいい話じゃない？　それができなかった理由は？」

「自分の持ち物ではないから？　この本はお母さんとかお父さんの持ち物で、少年は間違ってそれに飲み物をかけてしまった。だから、怒られる前に隠してしまおうと考えた……とか、ですかね」

嵐士の答えに凪は「半分正解」と唇の端を上げた。

「それだと、この本が高価なものと聞いたときに交換に応じなかったのがおかしい。もし、この本の本来の持ち主――この場合は両親のどちらかに仮定するけれど、その本人が本の価値を知っていた場合、飲み物を本に零してしまったことよりも勝手に本を別のものに取り替えたことのほうが怒られると思わない？」

「確かに……」

「たとえ、持ち主が本の価値に気がついてないにしても、いつか気がつくかもしれないのに、少しも躊躇せず交換を申し出るのはやっぱりちょっと違和感がある」

「そうですね……」

「結局、どういう話なんだよ！」

凪の質問形式の謎解きに、現は我慢出来ないとばかりに声を荒らげた。

「ヒントは、嵐士くんたちが帰ってくれと言われたタイミング」

「えっと、アレは、スーツ姿の男女が来て……」

「そう、スーツ姿の男女。彼らはね、僕が思うに警察官だ」

「警察官？」

「今回は事故死といってもただの事故ではないからね。刑事が多少関わっているんだろう」

「でも、それがなんの関係が……」

「つまりね、少年は警察官にこの本を見られたくなかったんだ。コレが母親が父親を殺した証拠かもしれないから」

「は⁉」

嵐士は思いっきりひっくり返った声を上げてしまう。

「あそこの家は、両親と少年の三人家族のはずだ。父親が死んでいるとなると、残りは母親しかない」

「いや、そうじゃなくて！　殺した⁉　なに言ってるんですか？」

そもそも父親の死因は事故だったはずだ。一体どこから殺した殺されたという話が出てくるのだろうか。

「でも、そう考えると辻褄が合うと思わない？　少年が本を交換しようとしたことも、本の価値に関心を示さなかったことも、警察が来たら必死で嵐士くんと羅夢を帰そうとしたことも、全部それで説明がつく。母親がいなくなってしまうリスクと本の価値なんて天秤にかけるまでもないからね」

「ちょ、ちょっと待ってください！　その子のお父さんは──」

「少年の父親の死因は事故死でしょ？　エアバッグから金属片が飛び出してきたことによる、事故死。大丈夫だよ、ちゃんとわかってる。ただそれが、人為的なものだったとしたら？」

「そんなことできるのか？」

「エアバッグのリコールのニュースは頻繁にやっていたからね。自分の家の車がリコールの対象だということは車のことを気にかけていればすぐにわかったはずだよ。それならあとはエアバッグが膨らむような事故を起こせばいいだけだ。確実に死ぬかどうかはわからないけれど、海外では死者も出ていたりするからね。母親が父親を恨んでいたのならやる価値がある」

「でも、エアバッグが膨らむような事故ってどうやって起こすんだ？」

「それこそ、飲み物に睡眠薬でも混ぜておけばいい。エアバッグを膨らませるだけなら大きな事故である必要はないんだから」

「つまり、この本についているシミは睡眠薬が入っていた飲み物のシミ？」

「かもしれないね」

「そんなことしたら、万が一殺せても遺体から薬の成分が出るんじゃ……」

「出るかもしれないけど、交通事故の場合、よほどのことがない限り解剖には回されないよ。交通事故捜査における解剖率なんて全国平均で十％前後。県によっては〇％なんてところもあるぐらいだ。しかも、普段から頻繁に事故を起こしていた人なら、なおさら解剖はされないだろうね。よほどの不審死じゃない限り……」

「ここからは僕の想像も多分に含まれるから話半分に聞いてくれると嬉しいんだけど……」という前置きをして、凪は続きを話し始めた。

「僕が考えるこの話のストーリーはこうだ。ある日、少年は父親の飲み物に母親がなにか粉のようなものを入れるのを見てしまう。その後、母親か少年が零すかどうかして本にその液体がついてしまった。少年はその時はなにも思わなかったが、父親が事故で亡くなってしまったあと、母親が父親のコップに粉を入れていたことを思い出すんだ。しかも、警察官がなぜか頻繁に家に来る。少年は想像した、もしかしたら母親が父親を殺したのかもしれない、と。父親の飲み物のコップに母親は睡眠薬を入れて、わざと事故を起こさせたんじゃないかと。だから警察が来て母親のことを調べているんじゃないかと。少年は考えた、なんとかしてこの本を隠さなければならない、と。なぜならこの本には睡眠薬入りの飲み物が付着している。警察が本気で調べれば睡眠薬は検出され、母親は捕まってしまうかもしれない。でもいきなり本がなくなっていたら、母親はびっくりするだろう。もしかしたら、自分が母親の犯行に気がついていると悟られてしまうかもしれない。だから、彼は同じ本を探して、交換することを思いついたんだ。最初はきっと図書館とかに向かったんだと思うよ。だけど、図書館では無理だった」

「なんで？　同じ本がなかったから？」

羅夢の問いに凪は頭を振る。

「同じ本があったとしても無理だったと思うよ。図書館の本はフィルムコート加工がしてあったり、背表紙にシールが貼ってあったりするからね。同じ本だとしても一発でバレてしまう。それで色々探し回っているうちに、結局うちにたどり着いたってことだろう」

「でも、どうしてこんな高価な本が飲み物の近くにおいてあったんだ？　普通もっと気をつけるだろう。それともやっぱり価値を知らなかったとか？」

「きっと、その日持っていくつもりだったんだよ」

「どこに？」

「古書店」

嵐士は目の前が開けたような気になった。

「少年のお父さんは色んなところからお金を借りてたんでしょ。それで彼らに『近々、金が手に入る』『明日(あした)には金になる』と言っていた。更に言うなら、家と事故現場の先に古書店がある」

「つまり、少年のお父さんは本をお金に換えに行こうとして、事故にあった？」

「そして、その事故は彼の母親の手によって人為的に起こされた……かもしれない」

「かもしれない？」と、嵐士は困惑の表情を浮かべた。

「実はね、この話、なんの証拠もないいんだ。少年は飲み物になにか粉や錠剤を入れる母親の姿を目撃したんだろうけど、その入れたものが本当に睡眠薬がどうかなんてわからないいんだ。もともと母親がそういう薬を常用していたとして、その薬を混ぜたとするならば、さすがに少年はもっと早くに気がつくはずなんだよ。父親が死んでからしばらくしてそこに思いいたるってことは、薬を入れたのを目撃したとき、彼はそれがなにか分からなかったってことなんだ」

「なるほど……」

「エアバッグの件だって、ニュースでは何度もやっていたけど、実際に自分の車が安全かどうかを確かめた人はそこまで多くないだろうし、ディーラーからハガキが届いたとして、それをしっかり見ている人は少ない。第一、彼の父親はそれまでにもたくさん事故を起こしている。薬なんか盛られなくても不注意だったことは確かなんだ。結局、真実を知るのはこの本って話なのさ。この本のシミからそれこそ睡眠薬やそれに準ずる薬の成分が出てくれば、少年の思った通りの真実。なにも出てこなければ、本当に単なる事故死だったってことさ」

「……警察はどう動いてると思いますか？　お母さんのこと疑ってるんですかね？」

「遺体はもう火葬してあるし、目立った動きはしてないから、おそらく事故として処理されてるんじゃないかな？　母親のことは疑ってないと思うよ」

「でも、その子はお母さんのことを疑ってるんですよね？　お父さんを殺したかもしれないって」

「まぁ、そういうことになるね」

――それって……

父親が死んだ直後に、母親までも信じられない人になってしまった。

そんなの辛(つら)すぎるんじゃないだろうか。

「んで、結局どうするんだ？　本、返してもらうのか？」

「どうしようか。正直、僕の方は困らないんだけど……」

「それなら迷惑料を兼ねてもらっておくか？」

「あ、あの！」

嵐士が声を上げると同時に、視線が集まる。

「提案っていうか、お願いがあるんですが！」

6

お母さんが、お父さんを殺したかもしれない。

そう思うようになったのは、いつからだっただろうか。

お父さんが死んだと聞かされたとき、正直、僕は意味がわからないと思った。昨日まで隣で笑っていた人が、急にいなくなったなんて聞かされて、はいそうですかと簡単にうなずける人はどれぐらいいるだろう。いや、もしかしたら大人にはそういう人もいるのかもしれないけれど、でも僕はまだ桁が二つになったばかりの子どもだったから、やっぱり意味が分からなかった。

子どもの僕には分からなくても、お母さんは色々と理解しているみたいで、なんだかすごく忙しなかった。色んなところに電話をかけて、色んな人に頭を下げて、クローゼットから黒い見慣れない服を引っ張り出して「大丈夫かしら」なんて何かを心配していた。

それから、近所の人がいっぱい来た。近所の人達は「なにか手伝うことあるかしら？」と「平気？」をお母さんに繰り返して、最後は僕に「大丈夫だからね」と声をかけて去っていった。みんなそうだった。たまにお父さんとよくつるんでいた人が「お金のことなんだけど……」と口にしてお母さんの眉が下がるのを見て「また今度にしますね」と去っていった。

お母さんは泣かなかった。僕も泣いてなかったけれど。

それから、その日のうちにお通夜が始まった。次の日はお葬式。

初めて参加するそれらの行事が、お父さんのものになるとは思わなかった。

僕は呆然としたまま言われたとおりに動いて、それ以外のときは部屋の隅で大人しくしていた。その間、やっぱりお母さんは忙しなかった。人が死ぬということは忙しいことなんだと、僕はその時初めて知った。

そして、やっぱりお母さんは泣かなかった。

近所の人が言うには、お父さんはいわゆる『ろくでもない人』だったらしい。僕にはよく意味が分からなかったけれど、あまりいい意味ではないということはわかっていた。たしかにお父さんはあまり働かない人だった。全く仕事をしないというわけではなかったけど、他のお父さんよりは家にいることが多かったのも事実だ。外に働きに行くのはいつもお母さんで、毎晩くたくたになって帰ってきていた。お父さんは他所の人からお金を借りることもあったみたいで、そのことでお母さんと喧嘩することもあったし、お酒を飲んで暴れることもあった。お母さんに偉そうにすることもあった。

それでも、僕はお父さんのことが大好きだった。お父さんは人一倍虫取りがうまかったし、テレビゲームも上手だった。川に行ったらモリで魚を沢山捕まえてくれるし、お父さんがたまに作ってくれるナポリタンは僕の大好物だった。

お父さんが死んで一度だけ、元気がない僕を見かねてかお母さんがナポリタンを作ってくれたことがあった。そのナポリタンはとても美味しかった。とてもとても美味しかった。だけど、僕はお父さんの作ったナポリタンのほうが好きだった。トマトケチャップがたっぷりで、玉ねぎもピーマンも入ってなくて、半分になっているソーセージがゴロゴロ入っているナポリタンがとても好きだった。食べている間に涙が出てきて、食べる音と鼻水をすする音が一緒になって、多分相当汚い音が出ていたと思う。だけどそんなものが気にならないぐらい、僕はもう一度お父さんの作ったナポリタンが食べたくなっていた。お母さんはそんな僕を抱きしめてくれた。背中を優しく撫でて、何度も「大丈夫」を繰り返してくれた。

それでも結局、お母さんは泣かなかった。

僕が、おかしいな、と思ったのは、このあたりからかもしれない。

どうしてお母さんは泣かないのだろう、と思ってしまったのだ。

おじいちゃんも泣いていた。おばあちゃんも泣いていた。近所の人も、お父さんと仲良くしていた人たちも、よくわからない全然関係ない人も泣いていた。なのに、どうしてお母さんは泣いていないのだろう。

そう言えば、ここ最近、お父さんとお母さんは喧嘩することが多かった。怒鳴りあいになることも多かったし、『離婚』って単語が出てくることもたまにあった。その度に僕は、お母さんはお父さんのことが、お父さんはお母さんのことが、嫌いなのかなって不安になっていた。だけど、それを聞かないだけの分別が僕にはあって、結局僕はなにも聞いていなかった。

もしかして、お母さんはお父さんが嫌いだったのかな。

そう思った時、僕はお母さんが、お父さんが毎朝飲む青汁になにか粉のようなものを入れていたのを思い出した。あれはお父さんが死んでしまう日の朝のことだった。もしかしてあれは、眠たくなる薬だったんじゃないだろうか。お父さんは居眠り運転で事故を起こしたと近所の人が言っていた。お父さんを殺したエアバッグが入っていたのも、お母さんの車だった。僕が青汁をあの本に零(こぼ)した時、お母さんは普段じゃ考えられないぐらいに怒っていた。

もしかして。もしかして。もしかして……。

もしかしてもしかしてが重なって、僕はもうなにも考えられなくなった。

お母さんがお父さんを殺したのかもしれない。

そう思った時、僕は急いであの本を隠さなくてはいけないと思った。だって、あの本には例の青汁がついているのだ。本当にお母さんが青汁に眠たくなる薬を入れていたのなら、あれがあるだけでお母さんが警察に捕まってしまうかもしれない。警察が眠たくなる薬をあの本から見つけることができるかどうかわからないけれど。

お母さんがお父さんを殺したというのはショックだった。だけど、だけどそれ以上に、お母さんがいなくなってしまうことが、僕には耐えられなかった。だって、もう僕にはお父さんもいないのだ。

それから僕は色々考えた。最初は本を捨てようと考えた。だけどそれじゃあ、お母さんにバレてしまうかもしれない。僕がお母さんのやったことに気がついているとわかってしまうかもしれない。だから、同じ本を探し出して交換することにした。

最初は学校の図書室に行った。だけど同じ本はなくて、次に近所の図書館に行った。こっちは同じ本があったのだけれど、なんだか表面がつるつるしていて、一目で違う本だと分かってしまうから諦めた。そうしてたどりついたのが近所のブックカフェだった。

本を交換するとき、僕は緊張した。今からすることがしてはいけないことだとわかっていたからだ。だけど僕はこうするしかなかった。だって、お母さんが警察に捕まったら、僕は一人ぼっちだ。

だから本を交換した時、もうこれでお母さんは大丈夫だって安心した。

安心したのに——

「こんにちは」

目の前でブックカフェのお兄さんが笑う。

僕は身を硬くした。

7

「ごめんね。やっぱりあの本、返してほしいんだ」

嵐士がそう言った瞬間、少年はさらに身体を硬くした。

場所は少年の家。坂道の一番上にある日本家屋だ。

「どうして？　そっちの本のほうが価値があるんでしょ？」

「それはそうなんだけど、こんな高い本、お店には出せないからさ。それにちょっとベタベタしてきちゃって」

「ベタベタ？」

少年が訝しげな顔をする。嵐士は少年に本の裏表紙を差し出した。

「ほらここ、ちょっと触ってみて」

少年の手がゆっくりと伸びて本の裏表紙を撫でた。少年が指をくっつけて離す。

「……本当だ」

「多分、砂糖だと思うんだけど」

「砂糖？」

「うん。だと思うよ。俺が最初に持ってきたときはなんともなかったんだけど、滲み出てきちゃったのかな」

「砂糖……」

少年は何度も確かめるようにつぶやく。しばらくして、彼は顔を持ち上げた。

「あ、青汁に砂糖って入ってますか？」

「元々って話？　入ってないと思うよ。入れて飲む人は聞いたことがあるけど」

正確に言えば、入れるのを聞いたことがあるのは黒砂糖だ。でもそれは言わなかった。この話の問題はそこではないからだ。

「入れて飲む人もいる……？　砂糖を？」

「あ、きなことかを入れて飲む人もいるよ」

「きなこ……」

少年はなにかを考えているようだった。

しばらくじっと地面を見つめたあと、彼は唸るような声でこう呟いた。

「じゃぁ、あれ、砂糖だったのかな？」

「ん？」

「あ、あの……！」

嵐士はじっと少年の言葉を待つ。しかし、彼はやっぱりなにか言いかけて言葉をぐっと飲み込んだ。その時だった。

「陽翔、なにしてるの？」

声が聞こえて、嵐士は振り返った。するとそこにはスーツ姿の女性が立っている。彼女はどうやら少年の母親のようだった。仕事から帰ってきたばかりであろう彼女は少しだけ驚いたような顔をしながら少年に近づいた。

「どうしたの？……あの、陽翔がなにかしましたか？」

後半の問いは嵐士たちに向けられていた。なんと答えるのが正解か分からず、「あ、いや」と言葉を濁していると、少年が母親の袖を摑んだ。

「お母さん」

「ん？」

「お母さんって、お父さんのこと好きだった？」

瞬間、女性の目が大きく見開かれた。彼女は言葉を探して迷うように目を泳がせたあと、その場に膝をついた。そして、少しだけ困った顔で少年を覗き込んだ。

「どうして？」

「お母さん、お父さんのこと、好きだった？」

少年の声は泣きそうだった。いや、もう泣いていたかもしれない。彼は指先も声も震わせながら、母親の小指をぎゅっと摑んだ。それはまるでなにかを懇願しているようにも見えた。

「やぁねぇ。……当たり前じゃない」

「お母さん……」

「当たり前、じゃない」

女性の声が震えて、瞳から大粒の涙が一粒こぼれた。女性は少年が握ってない方の手の指で涙を拭った。しかしもう一つの瞳からも涙がこぼれて、彼女の穿いているパンツに染みを作った。

「当たり前よ、そんなの……」

「……おかあさん」

「好きじゃなかったら十五年も一緒にいないわよ」

感情が決壊した、という感じだった。彼女は両手の腹で顔をこするようにして涙を拭う。しかし、次から次から溢れてくる涙にそれらは追いつかなかった。

「お母さん」

「……なぁに？」

「僕もね、お父さんのことが大好きだったよ」

「うん。お母さんもお父さんのことが大好きだったわ」

瞬間、また女性の両目から涙が溢れた。

少年が母に抱きつく。彼女はそれを受け止めて、肩口に顔を埋めた。

——ずっと泣かないようにしていたんだろうな。

子どもを不安にさせないために、気丈に振る舞っていたのだろう。強い母でなければならないと必要以上に肩肘を張っていたのかもしれない。でも、もしかするとそれが少年が母のことを疑うことになってしまった一因なのかもしれないな、とも嵐士は思った。

「きっと、違うね」

隣にいる羅夢が嵐士にしか聞こえない声でそう言って微笑む。

嵐士は一つ頷いた。

きっとこの人はやってない。夫を殺してはいない。

彼女たちの涙を見ながら、嵐士はそう思った。

「お恥ずかしいところを見せてしまい、すみません」

そう言って、女性は頭を下げた。少年も「ごめんなさい」と頭を下げる。

「それで、この子になにか用事だったでしょうか？」

「あ、それは……」

「明日、返しに行きます」

「え？」と嵐士が見下ろすと、少年はすごく真剣な瞳でこちらを見上げていた。

「明日、ちゃんと返しに行きます」

「この子、なにか取ったんですか？」

瞬間、女性の顔が青くなった。嵐士は慌てて頭を振る。

「あ、いえ、違います！　えっと、あの……。じ、実は、本を貸してたんですよ！　俺も彼から本を借りていて！　交換？　貸し合いっこ？　っていうんですかね？　今日はあの『もう少し借りてていい？』って、相談しに来てて……」

「そうなん、ですか？」

女性は首を傾げながら嵐士の話を聞いていた。

これは疑われている。完全に疑われている。

嵐士が冷や汗を流していると、隣から声がした。

「私も――」

「え？」

「私も嵐士くんが借りてる本、読みたくなったから、もう少し貸してほしくて」

羅夢がこちらを見て「ね？」と微笑む。嵐士はそれにこくこくと赤べこのように首を振った。

「そうなんですね」

女性がホッとしたような声を出す。嵐士も胸をなでおろした。

そうして挨拶をして帰る直前、少年は母の袖を引いた。

「ねぇ、お母さん。お父さんって青汁になにか入れて飲んでた？」

「え？」

声を出したのも、振り返ったのも嵐士だ。

そんな固まった嵐士に気がつくことなく、親子は会話を続ける。

「なによいきなり。きなこは入れて飲んでたけど、それがどうかしたの？」

「きなこ？」

「うん。きなこ」

「それに砂糖って入ってた？」

「砂糖？　入ってないの買ったと思うけど、どうだったかしら……。それがどうかしたの？」

「んーん。なんでもない」

少年は唇に笑みを浮かべたまま頭を振った。そして、嵐士たちに背を向けて家に入っていく。その背中を見送りながら、嵐士はほっと息をついた。

「よかったね、バレなくて」

「……はい」

本に砂糖水をつけたのは嵐士だった。

そんなことをした理由は、このままではあまりにも少年が可哀想だと思ったからだ。

凪の話では、この家族は三人家族だったはずだ。父親が死に、母親と息子の二人家族になって、その状態で母親を信用できないのは、あまりにも辛すぎると考えてしまったのだ。本当のところはわからないが、せめて少年だけは母親のことを信用できるようにしてあげたかった。だから――

「でも、完全に無駄でしたよね」

あの調子では、嵐士がなにもしなくてもきっと少年の誤解は早々に解けていただろう。

嵐士が苦笑いを浮かべると、羅夢は首を横に振った。

「そんなことない。あれがなかったら少年はお母さんにお父さんのこと好きだったかなんて聞けなかったと思う」

「そう、ですかね？」

「うん」

羅夢が頷く。そんな彼女の笑みはいつもより数段優しい気がした。

◆

『これ、もうちょっと汚させてもらえませんか!?』

その言葉を聞いたとき、羅夢は珍しくびっくりした。感情の起伏が少ないはずの自分だが、彼に出会ってからというもの驚いてばかりいる。

『このままだと、あの少年はお母さんのことずっと疑って生きていかないといけなくなると思うんです。そんなのやっぱりつらいから……』

こういう言葉を聞く度、この人は本当に鬼なのかなと疑問に思う。

羅夢達が知っている鬼という生き物は、こういう生き物ではない。善とか悪とかそういうことの前に、彼らは人の感情にここまで敏感ではないのだ。かつて敏感だった人でも鬼になると途端にその辺の感覚が鈍ってしまう。いちいち相手の気持ちを慮（おもんぱか）

っていたら、自分の欲望を満たせないとか、おそらくそういうことなのだろうと思うけれど、とにかくそういうところは鈍くなってしまうのだ。かくいう羅夢も、感情の起伏が乏しいし、人の感情の機微も読み取れているか怪しい。そういう意味で、半分鬼の羅夢よりももうすでに鬼になってしまっている彼のほうが人間らしいような気がした。

「あのお母さんが本当にお父さんを殺してたら、どうするつもりだったの？」

　帰り道、羅夢はそう聞いた。嵐士はこちらを向いたあと「あー……」と言葉を探すように視線を上に向けた。そして、困ったような表情で頬を掻く。

「どう、してたんですかね。正直、そこまで考えていなくて……」

「え？」

「それはそれ、といいますか。大切なのは他人から見た真実よりも、彼から見る真実だって、思ったので」

　風が吹いて、嵐士の髪がさらさらと流れる。

　その時、いつか聞いた凪の声が思い出された。

　あれは羅夢が自分の出生の秘密を知ったときだ。最初からなんとなくわかっていたけれど突きつけられた真実はあまりにも重くて、自分が存在しているだけで傷つけてしまった人がいるという事実に胸がきしんだ。存在というものを最初からみんなに否定されているような気分になったし、自分自身でさえも自分のことを信じられなくなった。

『羅夢。大丈夫?』

小さくうずくまる羅夢に、凪は優しく語りかける。

『誰がどう思っていたっていいじゃないか。そんなものは関係ないよ』

『大切なのはね、他人から見た真実じゃないんだ。自分がどう思っているかなんだよ』

今思い出しても胸が温かくなる。大好きな凪の言葉。

「凪も同じこと言ってた。凪と嵐士くんって似てるのかもね?」

「ど、どこがでしょうか?」

「人のためにしか一生懸命になれないところ」

その言葉に嵐士は数秒間止まったあと困ったように笑う。

「私は、いいと思うよ。だいすき」

8

包丁を突き刺す。血が噴き出る。

包丁を突き刺す。血が噴き出る。

包丁を突き刺す。血が噴き出る。


それを何度も何度も繰り返して、嵐士は大きく息をついた。

嵐士の下にいる女性はもう随分と前から動かなくなっている。

そこはマンションの一室だった。暗くて室内はよく見えなかったけれど、カーテンの隙間から差し込む月の光と、そこから見える他の建物の光でそう判断できた。

おびただしい血だまりの中に横たわっている女性の顔は見えない。ただ、込み上げてきた嫌悪から、嵐士が彼女のことをとても恨んでいたということだけが伝わってくる。

嵐士は包丁を持ったまま立ち上がった。そのままノロノロと玄関の方まで歩く。

その時――

「う……」

小さなうめき声が背後から聞こえた。嵐士は振り返り、先程命を摘み取ったはずの女性を見た。

彼女はまだ生きていた。どこからどう見てももうすぐ死んでしまうというところまで来ていたけれど、彼女はそれでも誰かに助けを求めるように震える指で絨毯を引っ搔いていた。

嵐士は込み上げてきた怒りに大股(おおまた)で彼女の傍まで行き、身体を蹴(け)り上げた。そして、再び女性の身体にまたがった。

嵐士は再び凶刃を振りあげ——

「わあぁぁあぁ！」

嵐士は叫びながら飛び起きた。荒い呼吸を整えながら、周りを確かめる。

そこはマンションではなく、ブックカフェ『CALM』の二階、嵐士に与えられた部屋だった。

嵐士は頭を抱える。じっとりと汗が浮かんだ額は、いつもより冷たい気がした。指先に籠(こ)もった熱が額の冷たさにゆっくりと混じり合っていく。

「勘弁してくれよ、もう……」

嵐士は呻(うめ)くように呟(つぶや)いた。

第二章

1

ブックカフェ『CALM』のカウンターで、そのやり取りは行われていた。

「うん、うん。わかった。うん。それなら、なにかわかったら教えて。それじゃ――」

凪はそう何度か頷いて、木製のアンティーク電話の受話器を置いた。そして少し難しい顔でこちらを向く。室内には凪と嵐士の他に、現と羅夢がいた。

「今のところ、そういう女性の変死体は見つかってないみたいだよ」

「そう、ですか……」

「場所はどこだったかわからないの?」

「正直、覚えている余裕がなくて。どこかのマンションだとは思うんですが……」

「それだけじゃなにもわかんねぇな」

「……すみません」

「現」

羅夢が咎（とが）めるように彼の名を呼ぶ。

「別に責めてるわけじゃねぇよ。ただ、どうしようもねぇなって話で」

「嵐士くん的には、魔が見せた夢で間違いなさそうなの？」

「だと、思います。普通の夢にしては色々なことがリアルすぎるので……」

凪の質問に答えた直後、店の電話が鳴った。身体が硬くなる。もしかして、昨晩夢で見た死体が見つかったのかもしれないと思ったからだ。

凪もそう思ったようで、こちらに一度目配せをしてから受話器を取った。

「はい、ブックカフェ、カ――」

『凪！　アンタいい加減にしなさいよ⁉』

スピーカー機能もついていないのに、その声は嵐士にもはっきりと聞こえるほどに大きかった。凪は耳から受話器を離したまま苦笑いを浮かべている。声は女性のものだった。

凪は受話器をもう一度耳につけた。

「愛華さん、お久しぶりですね」

『お久しぶり、じゃないわよ！　アンタ、毎回毎回、私のことを胃痛で殺す気なの⁉』

「なんのこと――」

『アンタ、鬼飼ってるってほんと⁉』

漏れ聞こえたその言葉に、身体がビクリと反応した。

羅夢も現も嵐士の方をじっと見ている。

「飼っているわけではありませんが、……なんで知ってるんです？」

『やっぱり！　この前の処理でそっちに行った職員が見たっていうのよ。眼帯の鬼とアンタが楽しそうに歩いてたって！　こっちではもう噂になってるわよ！　本当にいい加減にしなさい！　アンタはもう、ホント毎回毎回――』

話が途切れたのは凪が電話を切ったからだ。受話器から手を離しつつ、凪は困ったように眉尻を下げている。

「いいんですか？」

「んー。どうかなぁ」

再び電話が鳴りだした。ジリリリ……という金属音が耳に痛い。同時に凪のスマホも電子音を響かせ始めた。電話をよこした相手は発信者を見なくてもわかっていた。

「取ってやれよ。愛華さん、お前が取るまで電話かけ続けるぞ？」

「それも無視したら、最後はここまで来るかもね」

現と羅夢にそう諭され、凪は観念したような顔で受話器を取る。

するとまたこちらにまで響いてくるような大声が聞こえてきた。

『凪！　本当、いい加減にしなさいよ！　アンタ、呼び出し！　眼帯の鬼も必ず連れてくること！　審議にかけるそうよ！』

「かけられたってねぇ。僕は彼のことを殺したくないわけで……」

『つべこべ言わずこっちに来なさい！　そうじゃなきゃ、そっちにうちの別の職員を派遣することになるんだから！　今週末には来るのよ!?　わかった!?』

「………………」

『凪!?』

「わかったよ。もう」

凪が諦めたようにそう言うと、電話は切れてしまった。

彼はため息とともに受話器を置く。

「凪、どうするんだ？」

「これはさすがに行っといたほうがいいかもねー。これで約束破ったら、愛華さん本当にうちに乗り込んできそうだし……」

凪は肩を落としながら再び大きくため息をつく。

そして、くるりとこちらに顔を向けた。

「ということで、嵐士くん。旅行に行こうか」

「はい!?」

「東京旅行」　2

「いや、さすがに遠くない……？」

新幹線の青いシートにだらしなく座りながら、凪はそう文句を言った。唇の端は下げられるところまで下がっており、「うげぇ……」といったつぶやきが聞こえてきそうな顔をしている。

そんな彼の隣で、嵐士は駅弁の蓋を開けた。

「仕方ないですよ。広島から東京まで四時間かかるんで……」

「あー、もー、行きたくない！　まじで行きたくない！　本当に行きたくない！」

「凪さんがそんなふうに駄々こねるの珍しいですね」

「だって、行って得するようなことないし！　僕がこうするって決めたら、その通りにするんだから、上の判断なんて関係ないし！　向こうもそれわかってるのにさー」

まるで大きな子供である。最初会ったときは飄々としながらも頼れるお兄さんといった感じの彼だったのに、今ではその面影はまったくない。

「それなら、なんで呼び出すんですかね」

「こうでもしないとメンツが保てないんでしょ？　なんでも言いなりになっているんじゃありませーんって示したいんじゃない？」

「な、なるほど」

「でもまぁ、一応、愛華さんの胃だけは守っとかないといけないじゃない？　僕らが好き勝手できるの彼女のおかげってところがあるし」

「愛華さんってどういう人なんですか？　神祇庁の人なんですよね？」

「あれ？　言ってなかったっけ？」

「前に羅夢さんから名前だけは……。凪さんに文句を言える数少ない人みたいな紹介でしたが……」

嵐士が羅夢の言葉を思い出しながらそう言うと、凪は「まぁ、そうだね」と肩をすくめてみせる。

「名目上は僕の上司だよ。実際のところは、僕の首輪、って感じだけど。もう少し正しい言い方をするなら、管理者、かな？」

「管理者？」

「まぁ、間に立ってくれてる人だよ。僕の言ったことをマイルドな言葉に直して上に伝えて、上の指示を僕が納得できるところにまで落として、その上で言うことを聞かせる……みたいなことをずっとやってくれてる人」

「なんか、考えただけで胃が痛くなってきますね……」

「でしょ！　僕もよく続いてるなぁって思ってる！」

まるで他人事のように（他人事なのかもしれないが）そう言って、凪は笑う。

そんな彼に、嵐士は前々から疑問に思っていたことをぶつけてみることにした。

「凪さんって、神祇庁の中で結構特殊な扱いだったりします？」

「なんで？」

「あ、いえ。前に羅夢さんのことを引き取ったっていう話を聞きまして……」

その言葉に、凪の目が僅かに見開いた。

「へぇ。聞いたんだ」

「あ、はい。……駄目でした？」

「んーん。羅夢から言ったのなら、それでいいんじゃない？」

凪はどこか嬉しそうに唇の端を上げた。嵐士が「それで……」と先程の疑問の答えを聞くと、彼は少し考え込むような表情になる。

「僕が特別な扱いを受けてるか、か。まぁ、そうかもね」

「それはあの、血吸を使えるからですか？」

「まぁ、それもある。でも、鬼を殺せる刀は他にも何本かあるんだよ。うちの支部で使えるのが僕だけって話で」

どうやら、それで特別扱いをされているというわけでもないようだ。

「それなら、もしかして凪さんも、鬼、だったり？」

「ないない！　僕はあくまで人間だよ。ちょっと事情が特殊なだけで」

「事情が特殊？」

「もしかして、僕の事知りたいの？」

ずいっと顔を寄せられて、嵐士は思わずのけぞった。前々から思っていたが、この人無駄にいい顔をしている。普段はちゃらんぽらんなイメージが強いのでさほど気にならないのだが……

「あ、いや……」

「教えてあげるよ。……いずれ、ね」

そう妖(あや)しげに微笑まれ、口がへの字になった。話してくれないのが不満だったからではない。ドギマギしたのがばれたからだ。要するに、揶揄(からか)われたのである。

『まもなく、新大阪(しんおおさか)です。ＪＲ京都線、ＪＲ神戸(こうべ)線、おおさか東線と……』

新幹線の車内放送が流れて、凪が上を仰ぎ見た。

「嵐士くん、あと何時間？」

「約二時間半です」

「もーやだ……」

凪は弱りきった声を出しながら、座席の背面に身体を埋めた。

3

その日の夕方には、嵐士と凪は目的地についていた。

「ここが？」

「うん。神祇庁の本部」

嵐士は呆然としながら視線を上げる。目の前にはそびえ立つ高層ビルがあった。四十階はあるだろう高さに口が半開きになる。ビルには忙しなく人が出入りしていた。

（……なんか）

思ってたのと違う。というのが、最初の印象だった。

今まで散々、魔だの、鬼だの、陰陽師だの、術師だの、言われてきたので、なんとなく都内の奥地に建つ荘厳な日本家屋を想像していたのだが、まさか街中の一等地にあるビルがその本部だとは思わなかった。

「結構、堂々としてるんですね」

嵐士が色々な気持ちをオブラートに包みながらそう言うと、凪はからりと笑った。

「そうだね。まぁ、秘匿されてるって言っても国の機関だし、結構な数の人間が働いているからね。小さくまとまるってのもおかしな話でしょ？」

「ここにいる人達、みんな術師なんですか？」

「そんなワケないでしょ。ここにいるほとんどの人間は非術師だよ。術師はもっと少ないかな。全員で三十人ぐらいなんじゃない？　そもそも素質がないとできない仕事だからね。なりたくてなれるわけじゃないし。しかも、その半分が京都に属してるから、こっちにいるのはもっと少ないかな」

「三十人がみんな魔を集めてるんですか？」

「そんなワケないない。神祇庁は怪異に関することを専門に動いている部署なんだよ。だから、そればかりにかまってられない。カミとの交渉を専門に動いている部署とか、各地の怪異譚を集めてまわる研究専門の部署とか色々あるよ」

凪は親指でビルの入口を指した。

「ま、説明はこれぐらいにして入ろうか。……もしかしたら、少しだけ嫌な思いをさせてしまうかもしれないけど、我慢してね」

「嫌な思い？」

「ま、入ってみればわかるよ」

自動ドアを潜る凪に、嵐士もおずおずとついていく。

そして、すぐに凪が言っていたことの意味がわかった。

自動ドアを潜った瞬間、視界が回転した。気がついたときには床に顔を押し付けられており、背には誰かが乗っていた。抵抗できないように腕も捻り上げられており、それが毎秒ごとに痛みを増していく。

「いだだだだだだ！」

嵐士は残された方の腕で床を必死にタップするが、身体の上に乗った人間は全く拘束の手を緩めてはくれなかった。

隣に立っている凪はいつもより冷たい目で、嵐士を、正確には嵐士の上に乗った人物を見下ろしていた。

「呼び出しておきながら、随分な歓迎だね」

「初手で殺さなかっただけ、ありがたいと思え」

自分の上で凪と男がにらみ合っているのだけがわかる。

いつの間にか首筋にはナイフが当たっており、それがまた怖かった。

「ちょ、ちょっと！　白鷺、やめなさい！　その子、鬼だけど一応客人なのよ!?」

その声が聞こえたのは凪が立っている方からだった。顔を向ければ、ショートカットの女性がこちらに走ってくるところだった。つややかな黒髪に赤いルージュ。年齢は凪より上のように見える。凛とした印象があるので、性格はキツそうに見えるが、印象としてはとてもきれいな人だった。

「愛華さん、いつからうちは鬼を客人として扱うようになったんですか？」

「今からよ。とにかくどいて！　コレは上の決定なのよ」

その言葉に従うように白鷺と呼ばれた男性が嵐士の上からどいた。重さがなくなり、嵐士が立ち上がると、先程の女性がこちらに向かって軽く頭を下げた。

「こちらから呼び出したのに、ごめんなさいね」

「あ、いえ……」

「でも、彼がやったことは間違いじゃないわ。貴方みたいなものを見ると、術師は身体が自然に動くようになっているのよ」

口調こそ丁寧だが、彼女も嵐士のことを本気で警戒しているようだった。

「凪が話をしている間、貴方には部屋で待っていてもらいます。……白鷺、警備お願いできる？」

その言葉に白鷺は「あぁ」と短く返事をすると、嵐士の手首を取った。ぎゅっと力を込められ、痛さに目を細めると、彼は嫌がらせのように更に握力を強めてきた。

「待ってて。すぐに戻ってくるから」

凪は一瞬だけ申し訳無さそうな顔をした後、愛華についていくようにしてビルのロビーを後にする。嵐士は不安な面持ちで彼の背中を見守った。

嵐士を部屋まで連れてきたのは、白髪の、あまり嵐士と変わらない年齢の男だった。

ふせられた睫毛まで真っ白で、その奥にある瞳は赤色。小柄な身体と合わさって、どこかうさぎを思わせるような男性だった。

嵐士は、六畳ほどのほとんど何もない真っ白い部屋の中心で、一脚の椅子に足を揃えて座りながら、扉の前に立つ白鷺にこう質問した。

「あの、俺はいつまでこうしていればいいんでしょうか？」

ロビーで凪とわかれてから、もう数時間が経っていた。その間、嵐士は狭い部屋で白鷺と二人っきり。彼はこちらを向くこともないし、いくら話しかけても応えてくれる素振りもない。

(正直、おしりが痛くなってきたな……)

しかし、やおら立ち上がろうものなら、すぐさま首をはねられそうで怖い。神祇庁ってところはどうしてこうも、鬼即斬みたいな連中ばかりなのだろうか。いやまぁ、そういう機関なのだからだろうけども。

(これ、トイレに行きたくなったらどうすればいいんだろうな……)

そんな割と切実な心配をしていた時だった。

「お前、なにを企んでる？」

低い声でそう聞かれ、嵐士は「はい？」と顔を上げた。

「なんでそんなにおとなしいんだ」

「いや暴れたら殺されそうなので……」

オドオドしながらそう言うと、彼は嵐士から視線を外し舌打ちをする。

それを見て、嵐士はハッとした。

――まさかコイツ、暴れたことにかこつけて俺のこと始末しようとしてたんじゃ
たちが悪い。たちの悪さで言ったら、出会った頃の現の数倍たちが悪い。

でもまぁ、問答無用で始末をしておいて、「暴れてました」と言わないだけ良心が
ある……のだろうか。

嵐士が無言で震えていると、白鷺は壁に背をつけた。おとなしい嵐士のことをいつ
までも警戒していてもしょうがないと思ったのかもしれない。

「まったく、アイツは本当に、なにを考えているんだ」

「アイツって、凪さんのことですか？」

瞬間、白鷺の視線が鋭くなった。嵐士は小さく「ひぃっ！」と声を上げてしまう。

「……凪さんのこと、お嫌いなんですね」

「嫌いとかじゃない。視界に入れるだけで吐き気がするだけだ」

――それを人は嫌いと言うのでは？

そう思ったが口には出さなかった。いや、出せなかった。

「組織の中で爪弾きになった人間ばかりを集めていると思ったら、とうとう鬼まで飼い始めるとはな。目的のためには手段を選ばないやつだとは思ってたが、正直ここまでのクズだとは思わなかっ――」

「そういう言い方はやめてください！」

とっさに出てしまった強い言葉に、嵐士は口を押さえ、白鷺はこちらを見つめた。しばらくなんとも言えない沈黙が続き、嵐士は「えっと」と言葉を探したあと、続きを話した。

「お、俺は別にいいですけど。同僚の人間にクズとかそういうのは……」

「本当になにも知らないんだな」

「え？」と声が出てしまったのは、彼の声が妙に同情的だったからだ。

「知ってるか？　鬼よりあいつの方がバケモンなんだよ」

「バケモン？」

オウムのようにそう言葉を繰り返したとき、部屋の扉を叩く音がした。顔をそちらに向けるとちょうど扉が開いて、嵐士は入ってきた凪と目があった。

「あ、よかった。ちゃんと生きてた」

「生きてた⁉」

「冗談だよ。ごめん、待たせたね」

凪はそう言っていつものように微笑んだ。

尾道を出るときに取った都内のビジネスホテルは、急遽だったこともあり、ツインの部屋だった。その部屋で二人は互いのベッドに座ったまま向かい合わせで話をしていた。

話題はもちろん、嵐士の処遇についてだった。

「あの。結局、俺はどうなるんですか？　これから殺されたりとか……」

「平気、平気！　とりあえずは様子見って話になったよ。先日の鬼を捕まえるのに貢献したのが良かったんだろうね。まぁ、うちは万年人手不足だから、使える人間は使っておこうっていう話なんだと思うよ」

「良かったです」

嵐士はほっと胸をなでおろす。新幹線での凪の口調から大丈夫だとは思っていたが、白鷺の態度もあったし、やはり少し心配だったのだ。

「ただ、今後必要ないと判断されたら、簡単に処分されるだろうから頑張って働こうね！」

「は、はい……」

いきなり死刑の執行猶予を突きつけられて、嵐士は頬を引きつらせた。

「それで、明日からどうしようか」

「どうしよう、と言うと？　尾道に帰るのでは？」

「やだよこんな遠出までして、とんぼ返りなんて！」

新幹線の車内でのような駄々っ子モードになりそうな気配がする。嵐士は目を眇めた。

「現さんに怒られますよ？」

「現は年がら年中怒ってるからいいんだよ」

どこかで誰かがくしゃみをした……ような気がする。

「まぁ、俺はどっちでもいいですよ。凪さんに付き合います」

「本当？　それなら、行きたいところがあるんだけどいい？」

「どこですか？」

「嵐士くんの生まれ育った街」

「へ？」

その言葉に嵐士は固まった。

4

翌日、彼らは荒川区のとある住宅街にいた。歩道のない道路の端をのんびりと歩きながら、嵐士は昨晩凪にできなかった質問をする。

「なんで俺の実家が東京にあるってわかったんですか？」

「んー。土地勘があったからかな？　嵐士くんって、方向音痴ってわけじゃないけどそれなりに道には迷うでしょ？　なのに、東京駅でも電車の乗り換えでも迷わないし、神祇庁の場所も住所だけでそれなりにたどり着けたじゃない？　だから、ここらへんに住んでたことがあるんだろうなぁって、思ったんだ。たしか身分証では横浜の方に家があるってことになってたから、きっと引越しする前にこっちに住んでたんじゃないかなって。それに、前に話を聞かせてもらったとき、お父さんが転職したって話はなかったからね。もしかするとお父さんは職場を変えてないのかな、と。それなら、前の家は横浜へもぎりぎり通える位置にあるんじゃないかなって」

「本当によく見てますね。でも、こんなところに来ても面白いものはないと思いますよ」

「いいんだよ。嵐士くんが生まれ育ったところをちょっと見ておきたいなと思っただけだから」

嵐士は凪を実家に案内していた。ここは嵐士が生まれ育った街である以上に、兄が死んだ街でもあるので、正直帰りたい場所ではないのだが。凪にこう言われると強くは出られず、結局案内することになってしまったのだ。それに、誰かが自分のことを知りたいと思ってくれることが嬉しかったというのもある。

暫く歩くと、見慣れた街並みに、見慣れた家が見えてきた。

嵐士は何の変哲もない一軒家の前で足を止める。

「——ここです」

「へぇ。家、まだ残ってたんだね。引っ越したって言ってたから、てっきり家なんてもうないと思ってたよ」

「実はここ、元々母の実家なんです。祖母が亡くなった後、家を新しく建て替えたらしくて。母の体調が良くなったらこちらに戻るつもりでしたから、家の中もそのままですよ」

「じゃぁ、ここに嵐士くんの思い出が詰まってるんだね」

「そうですね。いいときのも悪いときのも……」

幸せだった日々が蘇る。

幼い頃から兄は何かにつけて優秀で、父も母も兄にかかりっきりだったが、だからといって自分がないがしろにされているとは思わなかった。父からも母からも愛情を感じていたし、きちんと愛されていたと思う。

全てが変わってしまったのはやっぱり兄が死んでからだ。

——なんで……

「あれ？　もしかして、嵐士？」

その声が聞こえてきたのは背後からだった。

嵐士が振り返るとそこには見知った顔があった。

「芽衣（めい）？」

「あ、やっぱり嵐士だ！　どうしたの、戻ってきたの？」

はしゃいだような声を出しながら、女性が駆け寄ってくる。肩口で切りそろえられた髪に、小柄な体軀（たいく）。少し子供っぽい服装のせいで若く見られがちだが、これでも嵐士と同じ年齢のれっきとした成人女性である。

「久しぶりだね！　元気にしてた？　突然引っ越しちゃうから本当にびっくりしたよ！」

昔と変わらぬテンションで彼女はそう言いつつ背中を叩く。

「嵐士くん、彼女は？」

凪にそう問われ、嵐士は手のひらを女性の方に向けた。

「幼馴染で、同級生の――」

「柏木芽衣です！」

そう言って彼女は、凪に向かって深々と頭を下げた。

「お昼まだなら、一緒に食べない？」

という芽衣の提案により、三人は近所のカフェに来ていた。そこは個人の家をレストラン用に改築したもので、席数自体は少ないが、机や椅子、カトラリーまで、すべてに気を遣っている雰囲気のあるカフェだった。天井のシーリングファンが空気をかき回し、背景には聴き心地の良いジャズがかかっている。

「凪さんって、嵐士のバイト先のオーナーさんなんですよね？　経営って、やっぱり大変ですか？」

「どうだろうね。僕は利益とかあまり考えずにやってるから」

「それで、成功してるんですね。すごい！」

「んー、すごいというか、ねぇ？」

凪が少し困ったような顔でこちらに目配せしてくる。嵐士は今まで数字の計算などしたことはないが、凪の経営するブックカフェの収支は正直なところ赤字かトントンぐらいだろう。それで成功なのかどうなのかは正直なところ微妙である。

芽衣は現在、自身で奨学金をもらいながら近くの大学の経済学部に通っているという。だからなのだろうか、彼女は『バイト先のオーナー』と言って紹介した凪の話に興味津々のようだった。

「それにしても、バイト先のオーナーさんと一緒に旅行してるなんて、嵐士ってば本当に誰とでも仲良くなるよね」

「あ、もしかして昔からそうなんだ？」

「そうですよ！　人の懐に入り込むのがうまいというか、なんというか。昔近所に気難しいおじいちゃんが住んでたんですけど、他の子どもはみんな嫌われてるのに、嵐士だけなんか好かれてて」

「うちでもね。最初は他のスタッフと揉めてたんだけど、あっという間に仲良くなっちゃって――」

「勝手に人の話で盛り上がるのはやめてください！」

嵐士は慌ててそう止める。けなされているわけではないし、褒められているとは思うのだが、なんとなく気恥ずかしいのでやめてもらいたい。

「それに今回は旅行じゃなくて、本部の人に呼び出されて……」

「呼び出されてって、嵐士、何かしたの？　バイトテロ？」

「まぁ、テロみたいなものだよね？」

「テロじゃないですし！　呼び出されたのは凪さんですからね！」

そのまま話題は二転、三転して、大学での話や普段の生活の話になる。現在は家族と離れて広島県の尾道で暮らしていると言うと芽衣は大変驚いていた。

——なんだか、昔に戻ったみたいだな
三人で囲む穏やかな食事風景を見ながら嵐士はそう思う。

優一（ゆういち）が生きていたころもこうやって頻繁に、みんなで一緒に食事をしていた。

この街にはいたるところに思い出があって、少し苦しくて、とても懐かしい。

目を細めれば、いつだって兄の幻影が見えるようだった。

「……てる？……ねぇ！　聞いてる？　嵐士！」

怒ったような芽衣の声に、嵐士ははっと顔を跳ね上げた。声のした方を向くと、芽衣が頬を膨らませている。その顔はどこからどう見たって不機嫌そうだ。

「え……っと？」

「連絡先交換しよう、って！　嵐士、引っ越したあと、私たちになにも告げずに電話番号変えたでしょ？　みんな連絡取れないって騒いでたんだからね」

「あぁ、ごめん。スマホが水没しちゃって……」

「新しい住所の方も誰にも教えてないでしょ？　お陰で今年年賀状出せなかったんだから！」

「ごめんごめん」

そう言いながら、スマホを取り出し連絡先を交換した。

兄が死んで、この街から出ていくとき、嵐士はまるで全ての繋がりを断つようにスマホの連絡先を消して新しい住所を誰にも教えなかった。それは、おかしくなってしまった母親に対する配慮であった。あの頃の母は、目を離すと兄のあとを追ってしまいそうな危うさがあった。毎日毎日毎日泣いていて、たまに泣き疲れるとまるで魂が抜けたかのように呆然としていた。

だから、母親から兄の残り香は離しておかなくてはならなかった。万が一にも兄の知り合いから手紙でも届いたならば、せっかく引っ越したというのに彼女はまた兄のことを思い出してしまうだろう。そうなればうまくいく治療もうまくいかないと思ってしまったのだ。

しかし、三年経っても母親は戻らなかった。以前のように泣き喚くようなことはなくなったし、魂が抜けたような状態になることも少なくなったが、彼女はまだ兄の幻影を追って生きている。きっとそれほどまでに優一という存在は、母の中で確固たるものだったのだろう。

でも、と思う。自分だって母の子供なのだ。子供のはずなのだ。

嵐士の脳裏に、自分の遺影に手を合わせる母の姿が蘇ってくる。

どこか晴れ晴れとした顔で『嵐士、今日は寒いわね』と話しかける姿に、控えめに言って絶望した。言葉にこそしていないが、きっと母は『優一よりも嵐士が死ねばよかった』と思っているのだろう。

嵐士のスマホに新しく芽衣の電話番号が登録される。

彼女はそれを満足そうに確認して、「住所は？」と小首をかしげた。

「あー、ごめん。実は自分の家の住所を覚えてなくて。また今度送る」

もう母はあのままかもしれないと思っているのに、嵐士は性懲りもなくそんな言葉を返した。芽衣は不審がることもなく「うん、わかった！」と笑顔で返してくれる。

今は無性にそれがありがたい。

「嵐士はさ、いつまでこっちにいるつもり？」

「うーん。もう用事は終わったからな……」

嵐士はそう曖昧（あいまい）に笑った。本当ならば今朝にはここを発（た）っていたはずだ。尾道の方に残っている現や羅夢だってそのつもりだったろうし、あんまり遅くなると今度は帰った後が怖い。

「それなら、すぐに帰るってこと？」

「まぁ。ちょっと寄っただけだから……」

嵐士が困ったように眉尻（まゆじり）を下げると、芽衣は視線を下げた。

どうやら嵐士の気持ちを察したらしい。

「そうだよね。あんまり長居したい場所でもないよね」

その言葉にはなにも返せなかった。そうだ、と言うには楽しかった思い出がつまりすぎているし、違う、と言うには虚勢が勝ちすぎている。

「ねぇ、嵐士」

「ん？」

「優一さんがどうして自殺したか、知りたくない？」

その言葉に嵐士は息を呑んだ。

知りたいか、知りたくないかで言ったら、そりゃ知りたいに決まっている。嵐士だって、兄が死んでからずっと考えていたのだ。どうして兄は死んだのか。誰が彼を追い詰めたのか。彼女に言われなくたって、嵐士はずっと知りたいと思っていた。

静かな沈黙が落ちる。

芽衣は意を決したように口を開いた。

「私さ。なんで優一さんが自殺しなきゃいけなかったのか、ずっと考えてたんだ」

その言葉は、まるで嵐士の心を代弁しているかのようだった。

「嵐士がここに来たのも何かの縁だと思うの。もしよかったらさ、私と一緒に優一さんの死の真相を一緒に探らない？」

「いや、それは……」

「嵐士だって、知りたいんだよね？　もしかして早く帰らなくちゃいけない理由とかある？」

「いや……」

「大丈夫だよ」

代わりに返事をしたのは凪だった。嵐士は驚いた顔で彼を見上げた。

「凪さん!?」

「いいじゃないか。現と羅夢にはあとで事情を説明すればいいだけだし、何より、嵐士くんだって本当は知りたいんだろう？　お兄さんがなんで死んだのか」

「それは……」

三人の間に沈黙が落ちる。凪と芽衣はじっと嵐士の言葉を待っているようだった。

嵐士はしばらく考えたあと、意を決したようにこう口にした。

「……わかった」

「ほんと!?」

「でも、そう何日もかけれないからな。二日間頑張って無理だったら諦めよう」

「うん。わかった！」

芽衣は目を輝かせながら嵐士の手を取る。そして「ありがとう！」と声を弾ませた。

「でも、調べるって言ったって、どうやって調べるんだ？　俺、兄さんの交友関係なんて殆ど知らないぞ？」

「そう、だね」

二人が腕を組んで考え始めた時だった。

「嵐士くんの家ってさ、もう中、何もないの？」

そう聞いたのは凪だった。

「なにもないってことはないですよ。大きな家具や家電などは引越し先に持って行きましたが、引越し先がマンションだったので、入らないものなんかは倉庫代わりに置いたままになっています」

「つまり、お兄さんの部屋は？」

「……ほとんどそのままです」

「それなら、まずはそこを探すのが手っ取り早くない？」

凪の提案に、嵐士はポケットにあるキーケースをギュッと握りしめた。

5

幸いなのかなんなのか、実家の鍵は、嵐士の革張りのキーケースの中にあった。もう使うことのなくなった鍵だが、捨てるわけにもいかず、家の鍵と一緒に持ち歩いていたのだ。

「大したものは残っていませんけど」

そんな前置きをして、嵐士は玄関の扉を開けた。長い間誰も訪れることのなかった家は、まるでタイムカプセルのようだった。残していった段ボール箱や小さな家具たちが当時のまま置かれている。

靴箱に置いてある写真立てにはまだ平和だった頃の家族写真がいくつも収まっていた。

その中に結婚十年の記念に写真館で撮った写真がある。嵐士も優一もかしこまった服で、変な緊張感を顔に貼り付けたまま写真に撮られていた。日付のところには二〇一三年四月とある。

こういう写真も、アルバムも、全部全部ここにおいてきてしまっていた。

「家具がないと広く感じるね。あ！　昔はよくここでレーシングゲームとかしたよね？」

「そうだな」

リビングにいち早く入った芽衣がそう嬉しげな声を上げる。

その声に、昔を思い出して思わず嵐士も微笑みが漏れた。

小学校の四年生辺りから、芽衣はよく家に来るようになっていた。その時はきまって、自分と兄と芽衣の三人でゲームをして遊んだものだった。自分と兄にとって、芽衣は妹のような存在だった。

兄にとってはそれ以上の存在ではあったが……

「兄の部屋は二階です」

そう言って階段を上がる。二人もその後ろに続いた。

階段を上がると、二階に三つの部屋があった。嵐士の部屋と優一の部屋。そして、両親の寝室だ。嵐士はその中の一つのドアノブを握り、呼吸を整えた。

手が、震える。

「大丈夫？」

「……平気です」

心配する凪にそう答えて、嵐士は扉を開けた。

すると、生前のままの優一の部屋が三人を出迎えた。

「顔青いよ」

そう言われた直後にめまいがした。自分でも情けないと思うが、どうやら相当参っているらしい。壁に手を突き、呼吸を整える。すると、段々と平衡感覚が戻ってきた。

「すみません。兄が亡くなっていたのがここだったので……」

「そう、つらいなら休んでいていいからね」

「いえ、大丈夫です」

凪も芽衣も心配そうな顔でこちらを見ていた。なんだかそれが酷く申し訳ない。

「それで、言いたくないなら、言わなくてもいいんだけど。お兄さんはどういう状況で亡くなっていたの？」

「首吊り、です。クローゼットの中で、亡くなっていました。第一発見者は母でした」

目の前に当時の様子が蘇ってくる。

首を吊っている、どう見ても死んでしまった兄のそばで、母が小さくなっている。

『ごめんなさい。ごめんなさい』

母は兄にしきりに謝っていた。あの謝罪は何に対するものだったのだろう。

兄の異変に気づけなかったことを謝っていたのか。それとも——

「ねぇ嵐士、本当にいいの？　優一さんの部屋を探ったりして……」

「いいよ。もう嫌がる人はいないし。それに芽衣なら、兄さんのものを乱暴には扱わないだろ？……俺も、兄さんがどうして死んだか知りたいし」

それは紛れもない本心だった。

三人は手分けして部屋を調べ始める。と言っても、たった六畳ほどの部屋なので三人だとあっというまに調べていない場所がなくなってしまった。しかも、やはりめぼしいものは見つからない。

　でも、それはそうかもしれない。優一が死んだとき、嵐士だって今と同じように兄が死んでしまった理由を探したのだ。そして、その時もやっぱりなにも見つからなかった。

「これといったものはないね。日記とかあれば良かったんだけど、そういうのもなさそうだし……」

「そう、ですね」

「お兄さんが亡くなる直前に、なにかヒントになるようなことはなかった？」

「ヒント？」

　嵐士はしばらく考えたあと、はっと顔を上げた。

「そういえば、喧嘩をしました」

「喧嘩？」

「亡くなる数日前に……」

　嵐士は当時のことを思い出す。

　あれは、嵐士が学校から帰ってきたタイミングだった。家のポストにＡ４用紙が入るくらいの大きい茶封筒が届いていた。それはどこかよくわからない会社から兄に宛てられたもので、嵐士はそれをポストから取り出し、部屋にいる兄に届けたのだ。

その一ヶ月ほど前から兄はふさぎこみがちで、部屋から出て来なくなっていた。最初のうちは学校にも行っていたが一週間ほど前からは学校も休み、日がな一日をずっと家の中で過ごしていた。

そんな兄に封筒を持って行くと、彼はこれ以上ないぐらいに驚いた顔をしていた。

そして、すぐさまそれをひったくってきたのだ。『さわるな！』と兄らしくない乱暴な口調で取り上げられたのを、今でも鮮明に覚えている。当時の嵐士は兄がそこまで追い詰められているとは知らず、それに腹を立て兄に食ってかかった。

『なんだよそれ！　せっかく人が持ってきてやったのに！』

『うるさい！　うるさい！　うるさい！』

いつになく兄は激昂していて、嵐士もそれに呼応するように声を荒らげた。

そうして気がつけばつかみ合いの喧嘩にまで発展していた。

そして――

「階段から、落ちました。……俺のほうが」

「大丈夫だったの？」

「はい。大した高さじゃありませんでしたから。ただ、そのせいで親に喧嘩したのが知られて、ちょっと怒られてしまいました」

当時、両親は兄に対してそっとしておくという判断をしていたようだった。

「一ヶ月前からお兄さんが少し引きこもりがちだったって言ってたけど、何があったのかは知らない？」

「わかりません」

「そういえばあの時、優一さんのクラスで、いじめ問題があったよね？」

「え？　そうだっけ？」

「あとは、サッカー部の生徒が先生と揉めたとか……」

嵐士は首をひねる。そんな話あっただろうか。正直、まったく思い出せない。

その間にも芽衣は当時のことを羅列していく。

嵐士にとってはどれもあまりピンとこないものばかりだった。記憶になさすぎて、自分の頭を疑ってしまいたくなるほどだった。

それから兄の部屋以外も一時間ほど家探しをしたが、やっぱり何も見つけられなかった。懐かしいものはたくさん出てきたけれど、懐かしいだけで兄の死因とは何も関係がなさそうなものばかりだった。

「なにも見つからなかったね……」

肩を落とし、落ち込んだような声を出すのは、芽衣だ。

三人はまた優一の部屋に集まっていた。やっぱりなにかあるのならばここだろうということで、家を出る前に再び調べに来ていたのだ。

その時、芽衣のポケットから軽快な電子音が鳴りひびいた。これはおそらくスマホの着信音だ。彼女はかけてきた人物を確認して、慌てて電話を取る。

「あー、もう、ごめんって。うん。うん。うん。すぐ帰るから！」

電話している芽衣を見ながら、嵐士は兄の机の上に視線を留めた。

見慣れない本が一冊ある。

「これ……」

それは確か母が抱きしめていた本だ。タイトルは『焚火（たきび）の終わり』。普段本を読まない兄の部屋にどうしてこんな分厚い本があるのだろうか。

なんとなく気になり、嵐士はその本を手に取った。

それと同時に芽衣の電話も終わる。

「どうかしたの？」

「今日夕飯の当番だったの忘れてたんだ。お母さんがカンカンで……」

芽衣はがっくりと項垂（うなだ）れる。どうやら相当怒られたようだ。

「それなら送ろう。僕らもホテルに戻って現と羅夢に電話しないといけないし」

「たしかにそうですね」

二人に電話するのがちょっと怖い。

これまで連絡しなかったことも含めて結構怒られるだろうと思っているからだ。

嵐士は手に持っていた本を、そのままカバンの中に入れた。

6

「あら、嵐士くん、久しぶり！　ウチの娘がお世話になったわね！　よかったら、夕飯食べてって！　今から芽衣が作るのよ〜」

というような流れで、嵐士たちは芽衣の家で夕食をごちそうになることになった。

場所は嵐士の家からさほど遠くないアパートの一室。「料理ができるまでそこでお茶でも飲んでて」という言葉に甘えて、凪と嵐士はリビングのソファに二人で掛けていた。

芽衣の母親——柏木明奈はもう四十代後半であるのにもかかわらず、見た目はとても若々しかった。きちんと化粧している上に、肩あたりで巻いた栗毛、笑った顔はとても快活そうだった。

明奈は、スナックで働いており、夕ご飯を食べてから出勤するという。

夕ご飯は当番制で、芽衣と明奈は一日交替で作っていた。

「すみません。僕までご一緒してしまって」

「いいのよ。イケメンさんには貢がないといけないって法律があるんだから」

申し訳なさそうにする凪に明奈はそう言ってウィンクした。そんな母親に、芽衣はまな板の野菜を包丁で切りながら「ないからね、そんな法律」と声を飛ばす。

「それにしても懐かしいわね。何年ぶりかしら」

「芽衣さんとは引っ越すまで同じクラスだったので、多分二、三年ぶりですね」

明奈の手前、呼び捨てにするのもどうかと思い、芽衣に敬称をつけつつそう答える。

その会話に反応したのは凪だった。

「嵐士くんはよくこちらのお家(うち)に来ていたんですか？」

「そんなことないわよねぇ。前は、お父さんもいたから」

「お父さん？」

「去年亡くなったのよ。お酒の飲み過ぎでね」

確かに、この街にいた頃、嵐士は芽衣の家に来たことはなかった。あの頃の柏木家はこんなふうな明るい雰囲気ではなく、どこか陰鬱(いんうつ)な空気が漂っていたからだ。その原因は明奈が言うように父親だった……かもしれない。中学生の頃一度だけ、芽衣が学校を休んだときにプリントを届けに柏木家を訪れたことがある。その時、玄関から出てきた父親は、確かにゾッとするぐらい怖かった。表情とか見た目ではない。吸い込まれてしまいそうな目の奥がたまらなく恐ろしかった。

「それは、あの、ご愁傷さまです」

「いいのよ！　入院生活も長かったし。ようやくって感じもあってね。嵐士くんところが引っ越してからすぐに色々見つかって、それからずっと入院していたのよ」

　そう言って彼女は、からからと笑う。どうやら明奈は凪のことが気に入ったらしく、ソファの後ろから彼に向かって彼女はずいっと身を乗り出した。

「嵐士くんのところのお母さん――幸子さんとは昔からのお友達なのよ。結婚してからは疎遠になってたんだけど、嵐士くんと娘は学年が一緒でしょう？　そしたらその繋がりでまた話すようになってね。ね？　嵐士くん」

「そう、でしたね」

　返事が曖昧になったのは、嵐士は自分の母親と彼女が話しているのをあまり見たことがないからだ。いがみ合っているようには見えなかったが、特別仲良くしているわけでもなさそうだった。

「変なこと喋ってないで、お母さんも手伝って！」

　その喝が飛んだのはキッチンからだった。飛ばしたのはもちろん芽衣で、明奈は「えぇ……」と眉を下げている。

「料理は私が作るからテーブル片付けといて！　二人はゆっくりしてていいからね！」

　手伝おうと腰を浮かせた瞬間、そう言われた。嵐士はしばらく迷ったが、腰を下ろした。勝手がわからない自分たちが手伝ったら、逆に仕事を増やしてしまうかもしれないと思ったのだ。

ソファに座りなおすと、隣にいた凪が話しかけてくる。

その声はいつもよりトーンを落としていた。

「そう言えばさ、芽衣ちゃんって、お兄さんの恋人だったりした？」

「え⁉」

声がひっくり返ったのは図星だったからだ。

凪は嵐士の反応を見ながら苦笑を浮かべる。

「やっぱりね。彼女が使ってるスマホの暗証番号、嵐士くんのお兄さんの生年月日になってたから。偶然でその並びになるのは出来すぎてるし、片思いでそういうふうにしてるには重すぎるなと思って。彼女ってそんなに重い女性じゃないでしょ？　少なくとも表面上は」

「そう、ですね。……ちなみに、兄の生年月日はどこで？」

「玄関に誕生日会の写真があったでしょ？　その写真に写っていたカレンダーと、ケーキに載っていた蠟燭(ろうそく)から年齢を計算して」

「よく見てますね」

嵐士はため息を吐いた。兄の誕生日は二〇〇三年の八月八日だ。きっと『0308

08』ってな感じのパスコードだったのだろう。

「ちなみに、嵐士くんのパスコードは円周率。『3141592』でしょ？」

「なんで⁉」

再び図星である。

「パスコードなんて、見てればなんとなくわかるもんだよ。現代人はスマホを触る機会が多いからね。気をつけとかないと」

「……本当によく見てますね」

もうここまでくると、すごいを超えてちょっと恐ろしい。

「で、なんでお兄さんと芽衣ちゃんのこと黙ってたの？」

「芽衣は俺がそれに気がついていること知らないんですよ。恥ずかしかったんでしょうね。でも、兄はわかりやすい人だったからなんとなく家族はみんな気づいていて……」

「そっか……」

「母はあまりいい顔はしてなかったですけどね。というか、結構反対してました。相手が昔からウチに来てた芽衣だってのも気に入らなかったみたいで……。多分、兄が離れていくような気がしたんでしょうね」

そんな事を話していると、背後にあるテーブルに料理が運ばれてきた。どうやら今日のメニューはグラタンのようだ。

「芽衣、料理上手だったんだな」

「わぁ。美味しそうだね」

「本当はシチューの予定で考えてたんだけど、今日は二人が来たからちょっと変更しちゃった。優一さん、これ好きだったよね」

芽衣はそう言って懐かしげに目を細める。もしかすると、彼女のグラタンを兄は昔ここで食べたのかもしれないなと、嵐士はなんとなく思った。


結局、夕食だけでなく食後のデザートまでいただくことになった。

デザートは彼女が前日からつくっていたプリンだそうだ。

ソファでプリンに舌鼓をうっていると、「あぁ！　ちょっと」と芽衣の声が聞こえた。振り返ると、食卓に座っていた芽衣が明奈のことをうらめしげに見ている。

「なんで私の食べるかなぁ。お母さんのプリンもちゃんとあったでしょう？」

「だってもう食べちゃったんだもん。それに、人のものって、それだけで価値があるような気がしない？」

「しない！」

「そっかなぁ」

口をすぼめて彼女は斜め上の方向を見ている。

そのおどけた表情はまるで少女のようだ。

「お母さんって昔っからそういう事するよね？」

「そうかもね。……あぁ、でも。アレは失敗したなぁ」

「アレ？」と首を傾けたのは嵐士だ。明奈は親指で自分の娘を指した。

「この子の父親」

さらりとそう言われ、なんと返せばいいのかわからなくなった。

一方の芽衣も微妙な表情をしている。

彼らの表情に気がついていないのか明奈はどこか楽しげに話を続けた。

「実は、略奪婚ってやつをしたんだけどね。でも、実際に結婚してみたらこれはもう、最低な男で。浮気はするわ、借金はするわ、暴力を振るうわ、働かないわ。奪っちゃったときはさすがに罪悪感があったんだけどね。でも、あの人の正体知ってからは、そんな気持ちもなくなったよ。むしろ、貧乏くじ引いてあげたんだから、ゆきちゃんには感謝してほしいぐらいだわ。だからまぁ、死んでせいせいしたというか――」

「お母さん！　あの人のことはもう言わないでって言ったでしょ！」

芽衣がピシャリとそう言い放つ。父親のことを『あの人』と呼ぶあたり、もしかすると、芽衣も多少は母親と同じ気持ちだったのかもしれない。

娘の言葉に明奈は「はいはい」と少し不満げに頷(うなず)いた。

それからしばらくして、明奈は出勤していった。

7

「それじゃ、ごちそうさまでした」

嵐士と凪がそう言って柏木家を後にしたのは十九時を過ぎてからだった。

明奈が出勤した後、さすがに女の子一人の家に男二人で長居するわけにもいかず、数分の間を空けて家を出ることになったのだ。

嵐士たちが玄関で靴を履いていると、リビングの奥から「嵐士！」と彼を呼ぶ声がした。嵐士は立ち上がりつつ「なに？」と室内を振り返る。

「スマホ、忘れてるよ！　テーブルの上にあった！」

そう言って走ってきた芽衣の手にはスマホが握られていた。きっと凪とスマホの暗証番号のことで話しているときに出してそのままだったに違いない。

「あ、ごめん！　助かった」

「気をつけてよね。これで連絡取れなくなったら、どうするつもりだったの？」

頬をふくらませる彼女に、嵐士は軽い調子で「ごめんごめん」と謝った。

「まぁ、いいけどね」

「……あれ、その手」

嵐士がそう言ったのは、彼女の人差し指に絆創膏(ばんそうこう)が貼ってあったからだ。うさぎ柄の可愛いものである。

「あー。これ？　実は朝、コップ割っちゃって」

「病院行かなくて平気か？」

「平気。ってか、これぐらいで病院はさすがにないって！……でも、嵐士はいつも優しいね」

うさぎ柄の絆創膏をもう片方の手でさすりながら、彼女ははにかんだ。

その表情を見ていると、こちらまで頬が緩んでくる。

「ごめん、嵐士くん。僕、ちょっと先にホテルに帰るね」

そう言ったのは凪だった。もうすでに玄関の扉を開けようとしている彼に、嵐士は「え？」と目を瞬かせた。そんな彼に凪はスマホの画面を見せてくる。そこにはメッセージアプリの画面が立ち上がっており、現とのトークが表示されている。

「ちょっと、もう現がカンカンで。静かなところで電話したいから。嵐士くんはゆっくり帰ってきていいよ」

「いや、でも……！」

「二人でしか話せないこともあるだろうから、しっかり話して帰っておいで」

最後の言葉は耳元で囁かれた。見れば彼は柔和な表情を浮かべている。

その気遣いは気恥ずかしいが、でも、助かるのも事実だ。嵐士としても、彼女と話したいと思っていた。だってもう、これを逃したら次に二人っきりで話せるのはいつになるのかわからない。

凪が家から出て行って、しばらくしてから嵐士も外に出た。どうやら見送ってくれるようで、芽衣もコートの前側を合わせながらついてくる。嵐士はアパートの階段を下りると、その場で振り返った。

何を言おうか考えて、まずはこれを謝っておくべきだと思った。

「そう言えば、お父さんのことごめん」

「何が？」

「いや、あんまり話題に出すべきじゃなかったなぁって。亡くなったばかりなのに」

「いいのいいの！　というか、あれは嵐士じゃなくてお母さんが話題に出してたんでしょ？　だから、気にすることないって！」

「いや、でも……」

「それに、私にとってお父さんは、本当に最低な親だったんだからさ」

芽衣から、父親のことを聞くのは初めてだった。先程までのやり取りであまりいい感情を持っていないということはわかっていたが、『最低』と言わしめるほど彼女が父親のことを嫌っていたとは思わなかった。

「嵐士には言ってなかったけど、あの頃の私、いつも長袖着ていたでしょう？　あれ、実はあざを隠すためだったんだ」

「え……」

「お父さん、お酒に酔うといつも不機嫌になってたから。特にお母さんがいないと気持ちが大きくなっちゃうみたいでさー、いつもの倍は殴られてて」

何を言えばいいのかわからない、というより、言葉を失った、という方が適切な表現だった。嵐士は口を半開きにしてしばらく固まった後、慎重に言葉を選んだ。

「それ、お母さんには？」

「言ってないよ。言ったら、その倍またお父さんに殴られるもん。どんなに酷いことされても、あの頃の私は耐えるしかなかったんだよねー」

初めて聞く幼馴染の壮絶な過去に、嵐士はもうなにも言えなかった。

あの頃、結構な時間を一緒に過ごしてきたと思うのに、彼女がそんな状況だったなんて、嵐士はなにも気がついていなかった。

「お母さんはさ、『奪った』とか自慢げに言ってるけど、私はきっと『押し付けられた』んじゃないかと思ってるんだよね。だってあんな最低な人、ずっとつなぎとめたいだなんて思わないでしょ」

　芽衣が自分の服をぎゅっと摑む。

「お母さんじゃないけど、早く死んでくれて本当に良かったと思ってる。……お陰で保険金も入ったしね。大学費用の足しにもなったし」

　その声からは安堵が聞き取れた。芽衣は本当に自らの父親の死を喜んでいるのだ。そのことに喜べばいいのか、悲しめばいいのか、よくわからない複雑な感情が生まれた。芽衣はアパートの下で星空を見上げた。

「優一がさ、いてくれたから」

「え？」

「あの頃の私は、優一がいてくれたから、頑張れたんだろうなぁって思うよ」

　その笑んだような声と言葉に、嵐士は驚いて何も言えなくなった。

「知ってるんでしょ、私達のこと。今日、やり取りしてわかったよ。嵐士、必要以上に気を遣ってるんだもん。優一には、周りには秘密にしとこうって言ったのになぁ」

　苦笑を浮かべる芽衣に、嵐士は頭を振った。

「違う。兄さんはなにも言ってなかったよ。ただ、素直な人だったから、家族はみんな気づいてたってだけで」

「そっか」

「それだけ兄さんも芽衣と付き合えて、浮かれてたんだと思うよ」

「だったら、嬉しいな」

俯いたまま彼女は笑う。その表情が幸せそうで、嵐士もつられるように微笑んだ。


アパートの前で芽衣と別れて、嵐士は一人、ホテルに向かって歩いていた。

本当は地下鉄に乗って行くのが早いのだが、なんとなく乗る気になれなくて一駅ぐらいだからと歩くことにしたのだ。

「俺、隠し事できないんだろうなぁ」

嵐士は苦笑を浮かべながらそうつぶやく。

結構気を遣って隠していたのに、結局芽衣になにも隠し通すことができなかった。

「一人でなにしてるんだ？」

どこかで聞いたことがある声に、嵐士は足を止めた。

隣を見れば、街路灯に寄りかかっている白髪の男の姿がある。

彼は腕を組んだままこちらを睨みつけていた。

「へ？　は、白鷺さん!?」

「……名乗ったか？」

さらに眼光が鋭くなり、嵐士は背筋を伸ばした。「皆さんにそう呼ばれていたので」

と答えると、彼はしばらくなにか考えるような表情をした後「そうか」と頷いた。

「ところで、凪はどうした？　お前はアイツの監視下でしか行動してはいけないはずだぞ？」

「あ。そう、なん……ですね……？」

「……なるほど。わかった」

嵐士の反応に状況を理解した白鷺は眉間に青筋を立てた。これは誰がどう見たってかなりのお怒りモードである。

「ホテルはどこだ？」

「えっと、一人で行けますよ？」

「ホテルはどこだ、と聞いているんだ」

白鷺はこの上なく不機嫌な顔で嵐士に詰め寄った。

「一人で行動させられるわけないだろうが。この、鬼風情が」

そうして結局、白鷺にホテルまで送ってもらうことになった。送るというか、これはどちらかといえば連行だが、腕を掴まれていない分だけまだいいのかもしれない。

嵐士は以前白鷺に掴まれた腕をさすりながら、彼の後ろを歩いていた。

「お前は……」

「はい？」

「お前は本当に人のように生きてるんだな」

確認するようにそう聞かれ、嵐士は目を瞬かせた。

「もしかして、監視してたんですか？」

「監視ではなく、様子を見てこいと言われたんだ。今日の仕事は終わったからな。帰るついでだ。そうしたらお前が一人で女性と話していた」

「あー……」

どうやら芽衣と話していたところから見られていたらしい。

嵐士はなんとなく気恥ずかしくなって鼻の頭を掻いた。

「お前は、鬼になる際、なにを願ったんだ？」

「なにを？」

「魔は願いを叶える。その代償として人を鬼にする。その姿はお前の願いが叶っているからこそなはずだ。……お前はなにをどう願った？」

その言葉に四ヶ月前に聞いた酒呑童子の言葉が蘇る。

『生きたい？』

自分はそれにどう返すはずだったのだろう。そして、どう願ったのだろう。

答えはまだ出ていなかった。

「まぁいい。上がお前を生かすと決めたなら、俺はそれに従うまでだ。あの凪の思った通りになっているのは気に入らないがな」

「どうして白鷺さんは、凪さんを目の敵にするんですか？」

純粋な疑問だった。

こうやって話してみれば普通の人なのに、どうして彼は凪のことを嫌うのだろうか。単純にそりが合わないと言われてしまえばそれまでなのだが。

白鷺は嵐士に向けていた視線を前に戻す。そして、そのままの状態で語り出した。

「俺たちが陰陽師の流れをくむ術師だということは知ってるか？」

「前に一度、そんな感じのことを凪さんから聞きました」

「元々陰陽師というのは、降魔調伏が生業ではない。自然を観測し、天意を問う者たちのことを陰陽師といったのだ。降魔調伏はたまたまそういうことができる者たちもいた、というだけの話なんだ」

「はぁ……」

「俺たちは変化を知り、流れを見る。そんな俺たちが一番怖いことはなんだと思う？」

そう問われ、嵐士は首をひねった。

しかし、嵐士が答えを出す前に、白鷺は答えを告げてしまう。

「変化しないものだ。うつろわないもの。我々はそれが一番恐ろしい。……お前に分かる言葉で言うならこうだ」

白鷺は足を止め、嵐士を振り返った。

「気持ちが悪い」

8

なんとなくホテルに帰ってくるのが億劫だった。

ホテルの部屋の扉を開けると、ちょうど凪が髪の毛を拭いていた。

どうやら風呂上がりだったようで、バスローブ姿の彼はこちらを見て相好を崩した。

「あ、嵐士くんおかえり……って、どうしたの？　浮かない顔だね？」

「あ、いえ。なんでもないです」

「もしかして、白鷺になにか言われた？」

嵐士は「は？」と顔をあげた。目が見開いているのが自分でもわかった。

「なんで知ってるんですか？」

「知ってるっていうか、推測だよ。あのジジイたち、僕の機嫌を損ねたくないだろうからたぶん監視はつけないけど、なにをしているかぐらいは知りたいはずだから白鷺あたりに様子を見に行かせるだろうなぁって。芽衣ちゃんの家を出るまで白鷺っぽい気配は感じなかったから、現れるんならその後かなぁって」

「……やっぱり見てたんじゃないですか？」

「だから見てないって。……それで、なに言われたの？」

「それは——」

嵐士は言いかけて口を閉じた。

『気持ちが悪い』

白鷺の言葉には明確な悪意があった。しかし、それを本人に言う気にはなれない。

「大したことじゃありませんでしたよ」

そう言って嵐士は肩にかけていたカバンをベッドの上に降ろす。すると、カバンの中身が滑り出た。凪は、その中の一つを手に取った。

「この本、お兄さんの部屋にあったやつだよね？　嵐士くん、こういうの読むんだ」

「いいえ、全然。ただ、母が……」

「お母さんが？」

「母が、抱きしめて泣いてた本なんです」

凪はじっと黙って嵐士を見つめる。

「兄が亡くなっているのが見つかったとき、母は兄の足元でうずくまるように小さくなって泣いてました。その腕の中にこの本があったんです。当時はよく分からなくて。だから、この本を読んだらもしかしたらなにかわかるかもしれないなって……」

「そっか。でもそれ、下巻だよ？」

「ホントだ！　上巻どこかで借りてこないとなぁ。凪さんはこの本知ってます？」

「一読したかな。確か、異母兄妹の禁断の恋愛を描いた小説だよ。彼らは元々異母兄妹として育ったのだけれど、妹の出生について疑問に思うことが出てきてね。本当に自分たちは兄妹なのかを、彼らは両親について知っている人たちに話を聞きに行ったりして探っていくんだ。最後は――、は、読むんだったら言わないほうがいいよね」

「異母兄妹か……」

嵐士はそんなふうにつぶやきながら、本をめくった。この本が下巻なら、上巻を読むまでこちらはお預けだ。そうして本をパラパラとめくっていると、四つ折になった一枚の紙が落ちてくる。嵐士はそれを拾い上げた。

――兄さん、模試の結果でも隠してたかな

そんなことを思いながら紙を開いて最初に目に入ったのは……

「きょうだい鑑定報告書？」

嵐士はそのまま紙に目を滑らせる。そこには二人の名前が書いてあった。

『ヤマダタロウ』『ヤマダハナコ』

二人の名前の下には、血液型や生年月日、その他よくわからない数字と記号が羅列してあった。そして最後には――

『検査の結果、ヤマダタロウさんとヤマダハナコさんがきょうだいである確率は90・31％であることがわかりました。また異母きょうだいである確率は98・21％になります』

「これって……」

胸の中に広がった嫌な予感に、全身から汗が噴き出した。嵐士が紙を持ったまま絶句していると、凪が背後からその紙を覗(のぞ)き込んでくる。

「名前はおそらく偽名だろうね。でも、この本に挟まれていたことと、今までの話から考えて、この二人が誰なのか推測は立つね」

これが挟まれていた本は異母兄妹の禁断の恋愛を描いた作品。

そして、恋愛関係にあったのは――

「『神代優一』と『柏木芽衣』……？」

「そうだね。おそらくそういうことだろう」

「ちょっと待ってください！　異母兄妹って、母が不倫してたってことですか⁉」

「多分違うよ。お兄さんは結婚する前にできた子だ。おかしいと思ってたんだよね。計算が合わないから」

「計算？」と嵐士が首をひねると、凪は人差し指を立てた。

「嵐士くんのお兄さんである優一くんの生年月日が二〇〇三年の八月八日。ご両親が結婚したのが二〇〇三年四月。お兄さんが生まれたのは結婚してからだけど、お腹の中に宿ったのは、結婚をする半年ほど前という計算になる。単純に考えて、子供ができてから入籍したのかと思ってたんだけど。どうやら別の人との子供だったんだね」

「別の人……。芽衣と兄さんが兄妹ってことは、芽衣のお父さんが兄さんの本当の父親ってことですか？　つまり、明奈おばさんが言ってた、男を奪っちゃった相手って――」

「嵐士くんのお母さんだったってことだね。二人共、昔からあそこに住んでいるみたいだったし、明奈さんが口走った『ゆきちゃん』という名前は、嵐士くんのお母さん――幸子さんの一文字目、『幸』を訓読みしたあだ名だったんだろうね」

その時、嵐士の脳裏に本を抱えてうずくまる母の姿が蘇った。

「母は、この本がどういうストーリーなのか、知っていたんでしょうか？」

「知っていた、かもね。だからこそこの本を抱きしめながら泣いていた」

『ごめんね　ごめんね』

耳にこびりつく、母の泣き声。そういえば母は、兄が芽衣と付き合うことに反対していた。もしかしてあれは、二人が兄妹だと知っていたから？　それと、自殺する数日前、兄に届いたあの茶封筒。あの中に入っていたのはもしかしてこの紙だったのではないだろうか。

「兄が死んだのは、付き合っていた恋人が、自分の異母妹だったから？」

その夜ホテルで横になりながら、嵐士は天井を見上げた。

彼が声を向けるのは、隣のベッドで寝ている凪だった。

「なんて、言えばいいんですかね」

「芽衣ちゃんに？」

「自分のせいで恋人が死んだとわかったら、さすがに落ち込みますよね」

「まぁ、そうだね」

凪の同意に、嵐士は布団を鼻先まで引き上げた。

「俺、小学生の頃、芽衣のこと好きだったんですよね」

「初恋？」

「茶化さないでください。今は別になんともないんですから。ただ……」

布団をぎゅっと手で握る。

「やっぱり、傷つけたくはないですよね」

「言わないことがその人の幸せになるってこともあるよね」

凪に同意してもらい、嵐士は肺の底から空気を吐き出した。そして、腹だたしげに天井に向かって拳を振り上げた。

「ていうか、兄さん！　まじで、なんて秘密残して死んでんだよ！」

「ふふふ……」

「それに！　死ぬ前に何かあるだろ！　相談とか！　相談とか！　相談とか！……なんで誰にも何も言わないで、一人で全部抱えて死ぬんだよ」

堪えていたけれど、その声は震えてしまっていた。部屋が暗くて自分の顔が誰にも見られないのが、今は無性にありがたい。

「弟は、大変だよね」

沁み入るような凪の声に嵐士は「……そうですね」と返して、凪のベッドの方を向いた。

「もしかして、凪さんにもお兄さん、いたんですか？」

「……なんでそう思うの？」

「今の『弟は大変だよね』って共感かなって思って。違いました？」

少し考え込むようにしたあと、凪は口を開く。

「うん、いたよ。僕にも兄が」

「どんなお兄さんだったんですか？」

「うーん。どんな、だったかな。最後にあったのがしばらく前でさー」

凪はしばらく黙った後、笑いを含んだ声を出した。

「でも、すごくいい人だったよ。すごく大きな置き土産をしていったけど」

「厄介な兄を持ちましたね、お互いに」

「そうだね」

9

あ、またあの夢だ。

嵐士は夢の中にどっぷりと浸りながらも、そう頭の隅で理解していた。

包丁を突き刺す。血が噴き出る。

包丁を突き刺す。血が噴き出る。

包丁を突き刺す。血が噴き出る。

それをやっぱり何度も何度も何度も繰り返して、嵐士は大きく息をついた。

嵐士の下にいる女性はもう随分と前から動かなくなっている。

それは、前に見た夢と全く同じものだった。

なので、この後の展開もよく知っている。

嵐士はやっぱり包丁を持ったまま立ち上がった。そのまま玄関の方まで歩く。

「う……」

小さなうめき声が背後から聞こえた。振り返ると、やっぱり彼女はまだ生きていた。女性は誰かに助けを求めるように震える指で絨毯を引っ搔いている。

嵐士は込み上げてきた怒りに大股で彼女の傍まで行き、身体を蹴り上げた。

そして、再び女性の身体にまたがった。

――え？

思考が停まったのは、視界に入ってきたとあるものが原因だった。

それは自分の手だった。嵐士は自分の手に、自分の右手人差し指に、うさぎ柄の絆創膏が貼ってあるのを見た。

――これって……！

嵐士は再び凶刃を振りあげる。

瞬間、嵐士は自分が殺そうとしていた女性の顔も視認することができた。

それは――

嵐士は自身の母親に包丁を思いっきり突き刺した。

◆

嵐士は飛び起きた。

(なんだいまの、なんだいまの、なんだいまの⁉)

わかるのは、その夢が以前見たものと同じ夢だということ。

それと、殺した人間が芽衣と同じ部位に同じ柄の絆創膏を貼っていたこと。

それと、殺されたのが自分の母ということだけだった。

夢の中の嵐士は、まるで何かの恨みを晴らすかのように何度も何度も何度も、母に包丁を突き刺していた。

「嵐士くん、大丈夫⁉」

凪がそう言って、心配そうな顔で覗き込んでいる。言葉は疑問形だったが凪は嵐士が夢を見たのだとわかっているようだった。嵐士はゆるゆると顔を上げた。

「凪さん！　芽衣が、母さんを！」

「芽衣ちゃんが？」

驚く凪の前に、嵐士は自分の手のひらを掲げる。

「指に絆創膏が。あれは、芽衣がしていたものでした。場所も同じで」

「とにかく、芽衣ちゃんに電話！」

そうだったと、嵐士は電話をかける。しかし、芽衣は電話に出なかった。何度かけてもそれは一緒だ。まるで電話に出ることを拒んでいるかのような頑(かたく)なさだった。

手のひらにじっとりと汗がにじむ。

「家の方は？」

「……出ないです」

実家の方の電話にも誰も出ない。焦りが頭の中を占拠する。いま脳内にあるのは役に立たない『どうして』だけである。

「愛華さん、いますぐ来て」

そう言ったのは凪だった。見れば、彼は耳にスマホを押し当てている。

愛華の甲高い声がこちらまで漏れ聞こえてくる。

『は？　なに言って――』

「来てくれなきゃ、今度から僕、愛華さんの言うこと一切聞かないから」

その瞬間、こちらにも聞こえるような舌打ちが聞こえた。

「車でね。できるだけ速いやつで来て」

『仕方がないわね……』

それだけ言って、電話は切れた。それと同時に、凪は立ち上がる。

「とにかく今すぐ向かうよ。嵐士くん、準備して」

ホテルの近くに停まった車は赤いスポーツカーだった。それを運転してきた愛華はそこから身を乗り出して、顎をくいっとしゃくる。どうやら乗れということらしい。

「どこに行けばいいの？」

そう愛華は端的に問う。車を出すことになった理由を聞いてこないあたりが色んな意味でさすがである。嵐士は実家の住所を告げた。

「何分で行ける？」「二十五分」「そんな馬鹿な――」

舌を噛んだのは、車にとんでもない重力がかかったからだ。そのまま彼女は他の車の間をかき分けるように進む。

ここから横浜の家まで、どう短く見積もっても四十分以上はかかる。それを二十五分で行こうなんてただごとではない。

「ちょ、ちょっと！　道交法！」

「申請はしてきた。問題ないわ」

そう言って彼女はハンドルを切る。すぐさま車体が左に大きく曲がった。

一瞬だけ右側のタイヤが浮いたような気がした。

というか、申請してきた、問題ない、というのは、あれだろうか、申請すれば道路交通法を守らなくても良くなるなにかがあるのだろうか。

高速道路に乗ると車は途端に少なくなり、走りやすくなったのか車体も安定してくる。先ほどまで左右に揺られていて、いつ吐いてしまうか分からない状態だったが、今では外を見られるまでには余裕が出てきた。

「でもなんで、芽衣が母さんを……」

余裕ができたとしても、考えてしまうのはそのことばかりだ。もしかすると、母はもう死んでしまっているのかもしれない。そう思うと、焦りで鼓動がこれでもかというほど速くなった。

「復讐、かもしれないね」

「復讐？」

「彼女は言ってたんでしょう？　奪ったんじゃない、きっと押し付けられたんだって。もしも、芽衣ちゃんが母親に男を奪われた相手が幸子さんだと知っていたら。彼女にとって幸子さんは、乱暴者で、どうしようもない父親を母親に押し付けた憎き相手ということになる。それにもし、彼女が自分たちの出生の秘密を知っていたら、嵐士くんの母親は自分の恋人を自殺に追い込むきっかけを作った人間にもなるからね」

「そんな――」

「大丈夫だよ。もしかしたらまだ間に合うかもしれない」

「え？」

「嵐士くんがその夢を最初に見たのは、二日前でしょ？　でも、お母さんはまだその時死んでいなかった」

「……そうだ！」

確かに、さすがに死んでいたら自分に連絡くらい来るはずだ。たとえ家出中の身でも、両親のスマホには嵐士の電話番号が入っているのだから。

「もしかしたら、その目はこれから起こす犯罪までも見えるのかもしれないね。過去も未来も関係なく、君は鬼の犯罪を目撃するのかもしれない」

「それなら！」

「うん。絶対とは言えないけど。今なら彼女を止められるかもしれない」

10

優一は私の全部だった。

……なんてロマンチックなことを言うつもりはないけれど、私の全部が優一で構成されていた時期というものが過去には確かにあって、それが今の私を支えてくれていると感じることがまだたまにある。

やっぱり、優一は私の全部だった。

だから、私は彼女に復讐をする。嵐士の、優一の、母親に復讐をする。私から、私の全部を奪った彼女に、命をもって償わせてやる。彼女のせいで、私も、優一も、もうどうしようもなくなってしまった。割れてしまったガラスみたいに、もう元の形に戻らなくなってしまった。

私は持ってきた包丁をぶかぶかな上着で隠しつつ、ぎゅっと握りしめた。

服装は、こんな時のためにと思って前々から用意していた配達員の制服だ。

制服を着ていると、人から不審がられる確率が減るとは聞いていたけれど、まさか本当にそれを試してみる日が来るとは思わなかった。服装のおかげかどうかはわからないけれど、マンションのオートロックは別の住人が解錠して中に入るときに一緒に滑りこむようにしてクリアした。

部屋番号を確認しながら、嵐士には申し訳ないことをしたな、と思った。

彼が頑なに誰にも住所を教えないようにしていたことに、私は気がついていた。

いいや、正確には今日、気がついた。前々からおかしいなと思っていたけれど。だけど私が復讐をするためには、彼女の引越し先の住所がどうしても必要で、私は私達のほんとうの関係がバレてしまうリスクを負ってまで、嵐士に近づいた。

『優一さんがどうして自殺したか、知りたくない？』

そんなもの、本当は教えたくなかった。探らせたくもなかった。だけどこの千載一遇のチャンスを私は逃すわけにはいかなかった。できるだけ彼と一緒にいて、住所を探らなければ――

そして、機会はやってきた。

私の家で食事をした直後、彼はスマホをテーブルの上に置きっぱなしにしていた。これを調べれば、住所がわかるかもしれない。パスコードはいつもの通り円周率だった。昔から嵐士はそうだった。なにか番号を決めなければならないとき、彼は円周率を使う。私は幼馴染だから、知っていた。

私は部屋の前までたどり着くと呼吸を整えた。

あとはインターホンを押して、出てきたところを刺すだけだ。

もし、お父さんの方が先に出てきたら、そっちから殺せばいいだけ。あの人だって無罪じゃない。全部全部知っていたのに黙っていたのだ。

私は震える指でインターホンを押そうとした。

その時――

「芽衣」

急にインターホンを押そうとしていた腕を摑まれた。

たどるように腕をつかんだ相手を見ると、そこには嵐士がいた。

「ごめん。わかってやれなくて……」

「なんで、このタイミングで来るのよ……」

◆

芽衣は感情のない顔でブランコを漕いでいた。

「最初にお母さんと幸子さんの関係に違和感を覚えたのは、確か小学校の入学式のときだった。あの日、お母さんは久々に幸子さんとあったみたいで、楽しそうに……というか、どこか勝ち誇ったような顔をして話してた。その内容がね、その頃の私にはよく分からなかったんだけど、お父さんのことを話していたんだろうなってことは薄々気が付いていた。その頃のお父さんは確かに乱暴者だったけど仕事はしていて、いいところも少しはあったと思う。だからお母さんもあんなふうに相手を見下すような顔ができたんだと思う」

彼女の乗ったブランコは、キィ、キィ、と錆びた音を響かせている。

「優一と個人的に話すようになったのはね、私が中学二年生で彼が中学三年生の時。同じように父親に対して困っていたからだんだんと話すようになったの。優一はね、自分の生物学上の父親が今の父親でないってことに気がついてた。どこからどう見ても自分たちは似てないからって言ってたけど、もしかしたら、もっと確実な証拠でも持ってたのかもしれない。とにかく私たちはそんな共通点で仲良くなった。そして付き合い出した。……ねぇ、嵐士。優一の死んだ理由ってなんだと思う？」

「それは、芽衣と――」

「違うよ。違うんだよ。そんなことで、優一は死んだりしない。落ち込むかもしれないし、私とのことを考え直すかもしれないけど、でもそんなことで優一は死んだりしない。優一はね、あの男と同じ血が流れてるって、絶望したんだよ」

「絶望？」

「私たちが自分たちの出生の秘密を知ったのは、あの男が話したからなんだ。その頃私、優一と付き合えて結構浮かれてて、隠してたつもりなんだけどあの男に彼氏がいるってばれちゃってさ。アイツも興味を持ったみたい。で、たまたまどんな男か確認しに行ったら、自分とかつて付き合っていた女が親で。自分の息子って気づいちゃって。それで、たまたま私と一緒にいた優一に『お前とは、親子だし、兄弟だなって』」

「は？　兄弟？」

「そういう風に言う人もいるんでしょう？　兄弟って」

それまでブランコの鎖を持っていた手で、彼女はまるで自身を抱きしめるように腕を撫でた。その姿はまるで寒がっている子供のように見える。

「は？　何だよそれ、……は？」

事実がようやく腹に落ちて、体温が下がった。怒りよりも先に身体が震える。嵐士が考えている通りなら、彼女は実の父親に――

「おばさんは知ってるのか？」

「知らないよ。あの人、あんなんだけど、あの男のせいでずっと働かされてたからさ。本当にこっちにも目が向かないぐらい、毎日大変でずーっと知らないの。でも、お母さんを悲しませたいわけじゃないから、いいの、それはそれで」

「いいわけないだろ！　なんでそんな――！」

「いいんだよ。いいって決めたんだから、それでいいの」

はっきりとそう言われ、嵐士ももうそれ以上何も言えなくなる。芽衣はそのままの調子で続けた。

「優一、それからおかしくなっちゃったんだ。私にあっても『ごめん』って、そればかりで。それで、……死んじゃった」

芽衣は、ゆっくりとブランコをゆらす。つま先で地面を軽く蹴った。

「『貴女のお母さん、昔から何でも人のものほしがるのよね。でも、そのおかげで助かったこともあったんだけど』」

「へ？」

「私がおばさんを恨むようになった、きっかけの台詞」

「母さんが？」

「うん。でも、本当にあの男のことを言ったのかわからないんだよ。もしかしたら、給食で嫌いなもの食べてもらったとかそういう微笑ましいエピソードだったのかもしれないし。だけど、なんかさ、父親を恨んでいた私からしたら、もう、聞いてられなくて。この人が全部悪いんだと思ってなきゃやってられなくて。優一が死んでからは、それが一層酷くなった。だって、この人のせいで、私と優一は兄妹にもなっちゃったんだよ⁉　優一が死んでから、もうずっとしんどくてしんどくて。大学生になって一人暮らしを始めてからはまだ良くなったんだけど、でも、やっぱり夢にまで見ちゃって。そんなとき、ずっとおばさんへの復讐を心の拠り所にしてた。あの人が悪いんだ。本当に全部悪いんだって。殺してやりたいって。――んで、魔が差した。嵐士が帰ってきて、なんとしても住所を聞きださないとって思ってた。嵐士ってば引っ越してから住所全然教えてくれなかったから殺しに行くチャンスなくて、だからこのチャンスを逃しちゃいけないって思って、優一の話を出したんだ。後はもう、嵐士たちが知ってる話だよ」

芽衣は両手を広げた。

「警察、行く？　いいよ、私、嵐士になら突き出されても」

「行かない。こんなの聞いて行けるわけないだろ？」

「……嵐士って優しいね」

「今の話のどこが優しいんだよ。俺、なにも気づけなくて――」

「誰も気がついてなかったんだから、仕方がないよ。気づかれても困るし。……なんでこんな事になったんだろうね。苦しいなぁ。優一がいてくれたら、私はそれだけで、良かったのに。優一に会いたいな」

なにかがぶわりと彼女の身体から立ち上ったのを感じた。術者ではないにもかかわらず、嵐士にはその気配をはっきりと感じることができる。

――これが、魔!?

「――血吸」

凪がそう言うのと、彼女の身体に一閃が入るのは同時だった。

見れば、凪は刀を握りしめていた。

芽衣の全身から力が抜ける。嵐士は気を失った彼女を支えた。鬼になる前だからか、血吸に切られたというのに身体にはどこも異常はないようで、目を閉じた芽衣は浅く呼吸を繰り返している。彼女の身体からぼとりと落ちた肉片は彼らの足元で蠢いていた。それを凪は瓶におさめた。

「よかった……」

そう安心した時だった。宵闇を切り裂いて飛んできた一羽のカラスが、凪の手から瓶を奪った。

「久しぶりだね」

その声は張っているわけでもないのによくひびいた。宵闇にそのシルエットがぼんやりと浮き出ている。

「アンタは――」

いつぞや見た銀髪の彼がそこにいた。彼はカラスから瓶を受け取るとこちらに向かってニッコリと目を細めた。彼の目は片方が金色で、もう片方は黒の瞳をしている。ちょうど嵐士とは真逆の配置だ。

彼が五百年前に受肉した酒呑童子。身体を求めてさまよう亡霊。

「どうしてここへ？」

「一言で言うなら、君が殺されず、なぜか予想と違う動きをしたから、かな」

酒呑童子は、柔和な笑みを浮かべながら、その長い指で嵐士を指した。

「やっぱり嵐士くんは、お前にとって間者だったんだね」

「間者？」

「スパイってことだよ」

「スパイ!?」

凪の言葉に嵐士は素っ頓狂な声を上げた。

「嵐士くんの目は酒呑童子の身体に共鳴して、限定的だけどその視界を共有することができる。でもそれなら相手が同じことをできても何らおかしくないと思わない？　嵐士くんが視界を共有できるのは、相手が隠れてない時。つまり、欲望を丸出しにしているときだ。ただ、目は対だからね。繋がりという点で言えば、一番強い」

「つまり、どういうことですか？」

「アイツは嵐士くんが右目で見ているものを全部一緒に見てるってことだよ。そしておそらく、それは嵐くんの右目が取り出されたあとでも有効だ」

凪は酒呑童子から距離を取りながら、目を細める。

「僕らは酒呑童子の肉体をいくつかの倉庫に分けて保管してある。場所はもちろん一部の人間しか知らない。もし僕らが嵐士くんを殺していて、その目を回収し、倉庫に持って行っていたら、どうなっていたと思う？」

「見えるってことは、場所もわかるってことですよね？」

「そう、こいつはすぐさま倉庫を襲いにきていただろうね」

パチパチパチ、と拍手が聞こえる。

見れば、酒呑童子がまるで褒めるように手を叩いていた。

「正解だよ。私は自分の身体を取り戻すために、死にかけのこいつに目をやった。なのに、こいつは殺されることなく、お前たちと生活を始めた。私はがっかりしたよ。こんなものを見るために大事な片割れをこいつにやったわけじゃない。……だから、その目を返してもらいに来たんだ」

「嵐士くん！」

凪がそう叫ぶのと、酒呑童子がその場から消えたのは同時だった。

気がついた時には、酒呑童子の指が右目に触れる寸前だった。嵐士はとっさに身を翻し、目をえぐり取ろうとするその指を避(よ)ける。酒呑童子の指先が頬をかすめてチリリと痛んだ。

「上手に避けるね。でも、いつまでつづくかな——っ！」

ふっと楽しそうに酒呑童子が笑う。彼の指の爪はまるで刃物のように伸びていた。

酒呑童子は腕を大きく振り上げ、嵐士の顔に指を突き立てようとしてくる。

嵐士はそれらをすべてギリギリで避けていた。

——とにかく、芽衣から遠ざけないと！

「考え事ができる立場だと思っているのかな」

その一瞬の油断がいけなかった。気がついたときには足を払われていた。バランスを崩したところに、酒呑童子の指が伸びてくる。

「血吸っ！」

凪が悲鳴のような声を上げる。珍しく焦っている表情の彼の手にはいつもの刀が握られていた。凪は酒呑童子の背中にそれを振りおろす。

ごちゅ……

嫌な音だった。

嵐士が今まで聞いてきた音の中で一番嫌な音。

気がつけば、嵐士の顔面に振り下ろされるはずだった酒呑童子の手が凪の胸をえぐっていた。手は凪の身体を貫通し、そのまま背中から出てきてしまっている。

ちょうど胸の真ん中。心臓の、あるあたり。

「かはっ——」

凪が腕を振り上げたまま吐血する。それを合図に酒呑童子は彼から手を抜いた。凪の身体にはポッカリと穴が開き、その奥にまん丸い月が見えた。

「陰陽師の系譜を継いでいるといっても、所詮は人だね。脆い」

「凪さん——！」

嵐士は凪に意識を向けている酒呑童子の身体に蹴りを入れる。鬼の力も加わっているためか、酒呑童子の身体はその衝撃で軽く吹っ飛んだ。嵐士はそんな酒呑童子に目もくれず、崩れ落ちる凪をすぐさま支えた。

「凪さん！　大丈夫ですか⁉　凪さん⁉」

そう耳元で大きな声を出してみるが、凪の反応はない。かろうじてひゅうひゅうと浅い呼吸の音がするだけだ。嵐士は凪を背負う。とにかく、アイツから離れなければ。このままでは二人共殺されてしまう。

嵐士は凪を背負ったまま走り出した。どこかあてがあるわけではない。とにかく隠れるところ。それが一番だ。そして、できれば人が少ないところ。

転がっていた芽衣をそのままにしているところを見るに、酒呑童子は人を積極的に殺そうとはしていないようだが、それでも邪魔ならば殺すことも厭わないだろう。

――今の凪さんのように……

背中が凪の胸から溢れた血でじっとりと生暖かくなる。

「死なないでくださいね！」

声をかけるがやっぱり返ってくる言葉はなかった。もしかすると凪はこのまま死んでしまうかもしれない。そう思うと目尻に自然と涙が浮かんだ。

嵐士は凪を背負ったまま、住宅街を駆け抜ける。人であったころよりはスピードも出るし疲れないが、それでも成人男性を背負ったままあの酒呑童子に追いつかれないように走るのは楽ではない。

公園からまっすぐ道なりに進んでいるとだんだん風景が変わってきた。住宅が少なくなり、道幅が広くなる。高い建物がなくなって、ただただ工場が乱立する広い地域に入る。その中の一つに、コンクリートの工場があった。嵐士は凪を背負ったままフェンスを乗り越えて工場に侵入する。そして、身を隠した。

――これからどうしよう

凪はかろうじてまだ生きているが、かろうじて、だ。このままだと確実に死んでしまうだろう。だからといってこの建物から出れば、酒呑童子に見つかってしまうかもしれない。

――倒さないと

少々無理をしてでも、酒呑童子を行動不能にしないといけない。

嵐士はさっきから瞑ったままになっている右目を撫でた。眼帯は最初に酒呑童子に襲われたときに外れてしまった。ずっと意識して目を閉じているのはつらいが、でも開けると酒呑童子に今嵐士たちがどういうところにいるのかが、きっと伝わってしまうだろう。

――視界が共有されるって言っても、きっとそこまで鮮明じゃないよな……

嵐士は夢の中の映画を思い出しながら、そう思った。

その時ふと、嵐士の中にひらめきがおりてきた。

◆

酒呑童子は嵐士たちを見失っていた。

双方の力の差は歴然だったがために、少しなめていたところがよくなかったのかもしれない。嵐士が酒呑童子の目を手に入れて四ヶ月と少し。まさか彼がここまで鬼の力を使いこなせるようになっているとは思わなかった。

「彼は、なんなのかな」

そもそも、あんなに理性を保った鬼になるとは思っていなかった。

酒呑童子の身体の中でも、目は特別なものだ。その昔、彼を討ち取った源頼光が首だけ持って帰ったのもそのためである。酒呑童子の目玉は『如意宝珠』と呼ばれるもので、魔が差した相手の願いを確実に叶えるものだとされている。その願いは人のできる範疇を超えており、それ故に魔としての力も強い。願いがかなった時点で魂は巣くわれ、理性のない化け物になるはず——だったのだ。

「まぁ、そんな事はいいか」

どうせもう殺す相手のことだ。

酒呑童子は一瞬だけ生まれた嵐士への興味をすぐさま捨てた。

そしてまた、彼らがどこに行ったのかを捜し始める。

工業地区に入ったところまでは見ていた。もうこうなれば、それぞれ一施設ずつ壊してまわるしかないだろう。骨が折れる作業だが仕方がない。

そう思った時だった。左目の視界が急に切り替わった。

並ぶいくつかの白い建物に背の高い緑色の煙突。一番高い建物には赤い文字で大きく『明建コンクリート』という名前が書かれている。

しかし、それが見えたのは一瞬だけだった。どうやらすぐさま瞳を閉じたらしい。

もしかすると、先ほどのは間違って目が開いてしまっただけなのかもしれない。

なんにしても、居場所は見つかった。

酒呑童子はぐるりと首を巡らせて、たった今嵐士と共有した場所を探す。

そして見つけた。百メートルほど先に、先ほど見たのと同じ『明建コンクリート』と赤い文字で書かれた建物が見える。

「あそこか……」

酒呑童子はすぐさま建物の近くまで行くと、フェンスを乗り越えた。

するとまた視界が繋がった。今度は白いテントのような建物が見える。

酒呑童子はまたぐるりと首を回して、白いテントを見つけ、そこに足早に向かった。

白いテントにつくと同時にまた視界が繋がった。今度は砂利などを運搬する大きなトラックが並んでいる場所だった。

──誘われているのか？

酒呑童子は一瞬そう思ったが、すぐさま首をふってそれを否定した。

いや、そうじゃない。嵐士は焦っているのだ。

おそらく一回目に繋がったのは過失によるものだろう。

嵐士はそのせいで隠れていた場所から逃げ出さなくてはいけなくなった。なぜなら酒呑童子が向かってくるだろうことがわかったからだ。彼は瀕死の相方を背負い、工場内を全速力で逃げ惑う。しかしそうしていると右目への注意が疎かになる。片目を閉じたまままいろんなことをするというのは、それなりに神経を使う作業だからだ。

そうして、彼は何度か目を開けてしまったのだ。

そんなことを考えているうちにもう一度視界が繋がった。今度は近い。すぐそこにある銀色のタンクのそばだ。

酒呑童子は、まるで自ら放ったうさぎを捕まえるような心持ちで、ゆっくりと彼がいるだろうタンクの裏側まで近づき、そこを覗き込んだ。

「ん？　いない？」

そう言った直後、唐突なエンジン音が聞こえ、身体の左側に衝撃が走った。

気がつけば酒呑童子は大型トラックと、タンクの間に挟まれてしまっていた。その突っ込んできたトラックを操っていたのは、嵐士だった。

◆

必死にアクセルを踏み続ける。嵐士はこのまま酒呑童子を潰すつもりだった。

嵐士がしたことは実に簡単なことだった。

経験則として、共有した視界はあまり鮮明ではないことが多い。中心部分ははっきりと見えているが外側は大体ぼやけている。それならば、スマホで撮った動画や写真で相手に勘違いをさせることができるのではないかと考えたのだ。

嵐士はまず、酒呑童子を誘い出す場所を決めた。銀色のタンクのそばにしたのは、その近くに大型トラックがあったからだ。嵐士は管理室に行き、その大型トラックの鍵を盗み出すと、それから彼を誘い出すための道順を考え、そこまでの動画をスマホで撮った。そして最後に『タンクの裏に潜む嵐士の視界』の動画を撮る。

あとは凪を安全な場所に避難させてから、トラックの中で身を潜ませつつ、右目を閉じたり開いたりしながら動画を見るだけである。

リスクはもちろんあった。この作戦は相手の気分によって成功率が大きく変わってくる。酒呑童子が、繋がった視界を無視して嵐士たちを捜し出したら、もうそれだけで全部がおじゃんだ。しかし、成功する見込みもあった。酒呑童子は嵐士たちのことを見下している、いや、なめている。それならば罠だとわかっていてものってくれるのではないかと考えたのだ。

そして、嵐士の作戦は見事成功した。酒呑童子は今、タンクとトラックの間で身動きができなくなっている。それどころか致命的なダメージを負っていることだろう。

嵐士はこれでもかと全力でアクセルを踏み続ける。トラックはその場でぐるぐるとタイヤを回し砂埃を上げ続けている。

——でも、おかしいな。

手応えがない。

「賢いね」

その声が聞こえたのは、やっぱりトラックとタンクの間からだった。

瞬間、トラックが後方に動き、なぜか前方が持ち上がった。トラックごと持ち上げられていると気がついたのは、車体がもう完全に浮いてからで。次の瞬間にはもう、嵐士はトラックごと投げ飛ばされていた。

身体中にかかる重力と衝撃。

世界の上下左右が失われ、身体が車体の中でまるでピンポン玉のように跳ねる。

けたたましい破壊音が何十にも重なって耳の奥を突き刺した。

次に目を開けた時、嵐士は首を摑まれていた。ひっくり返ったトラックの上で、酒呑童子は嵐士の首を摑んだまま彼の身体を持ち上げている。

足が着いていないので全体重が首にかかっている。苦しいというより痛かった。負けた。

そのことはわかっていた。だけど何よりもショックだったのは――

――無傷って……

酒呑童子はピンピンしていた。最初に出会ったときと同じ姿のまま、その場所に立っていた。服にはそれなりの損傷もあったが、身体の方は擦り傷一つ作っていない。

酒呑童子はこちらを見上げ、ゆっくりと微笑んだ。

「結構楽しかったよ」

彼はそう言ったあと、こちらに指先を向けた。人の皮膚を上手に抉れそうな長い爪の先端が、こちらを向いている。

「それじゃ、返してもらうね」

酒呑童子がそう言うのと、嵐士が目を見開いたのはほとんど同時だった。嵐士は目の前の信じられない光景に息を呑む。本当ならここで右目を瞑るべきだったのだろうが、あまりの驚きでそこまで思考が回らなかった。

「目的を前に、油断したね」

嵐士の目に映っていたのは、凪だった。彼は昇ってきたばかりの太陽を背にしたまま、こちらに刀を振り上げている。

酒呑童子も遅れて凪の存在に気づき、振り返った。

「おまえ、あの傷で――！」

最後まで言えなかったのは、振り返った酒呑童子の身体が肩口から腰にかけてバッサリと斬られてしまったからだ。そこから切り離された酒呑童子の肉体が、ボタ、ボタ、ボタ、と三つほど落ちてくる。

同時に酒呑童子の手の力が緩み、嵐士も解放された。

「なんで、お前が……」

「それを聞くってことは、本当にもう、お前の中には兄さんの魂なんてなにも残ってないんだね。それとも、五百年も経ったから自分が僕に何をしたのか、忘れたのか？」

凪はつめたくそう言い放ちながら、自らの顔がよく見えるように前髪をかきあげた。

その瞬間、酒呑童子は口の端から血を溢れさせながら目を見開いた。

「お前は、この身体の――！　まさか、まさか、あの小僧なのか。この身体の弟か！」

なぜかうれしそうに酒呑童子は凪を見つめる。

「不死の祝福は気に入ってもらえているようで何よりだ」

「どこが祝福だよ。呪いだよ、こんなもん」

凪はいつになく乱暴にそう吐き捨てる。そして酒呑童子の身体から刀――血吸を抜いた。瞬間、びちゃびちゃびちゃとまた血液が跳んだ。

そして今度は、首を斬るために振りかぶる。その時だった。

酒呑童子の身体を中心に風が巻き起こった。立っているのもやっとな強風に、嵐士も凪も思わず目を閉じてしまう。そして、次に目を開けたときには、酒呑童子の姿は目の前から忽然(こつぜん)と消え失せていた。

遠くから、声だけが二人に落ちてくる。

『いいよ。面白くなってきた。目玉はまだ貸しておいてあげるね。また会おう、二人共』

その言葉を最後に、酒呑童子の気配が消えた。

嵐士も凪もその場にへたりこんでしまう。

「おわ……った？」

「終わったね。多分」

「追いかけなくていいんですかね？」

「いいでしょ、多分。魔は三つほど回収できたし、上出来だよ」

凪の視線の先には、先ほど血吸で斬ったときに酒呑童子の身体から落ちた、三つの肉塊があった。

「お兄さん、なんですか?」

正直、その質問をするかしないかは相当迷った。これは凪のプライベートなことだし言いたくない過去でもあるだろう。それでも聞いてしまったのは、ここまで巻き込まれたのだから自分には聞く権利があると思ったし、凪もどこか話したそうに見えたからだ。

凪はしばらく黙った後、視線を下に向けて「身体だけね」と自嘲気味に笑った。

そのまましばらく待っていると、彼はとつとつと語り出した。

「僕の一族はね、酒呑童子の目玉を管理する一族だったんだ。かつて酒呑童子を屠ったとされる源頼光が、安倍晴明の親戚筋の女性と密かに作った子どもの末裔だって言われていてね。魂の強度が高く、酒呑童子の力に耐性を持つ子供が定期的に生まれてくるんだ。一族はそういった子供の目玉をくりぬいて、酒呑童子の目玉と交換する。そうしてその子供を死ぬまで地下にある座敷牢で生かすんだ。そうやって一族は長年、ずっと目玉を管理してきたんだ」

その保管方法に、嵐士は思わず顔をしかめてしまった。子供の目をえぐり出すというのも不快だし、たった一人の子供に全てを押し付けて、一定期間の安寧を得るというところにも正直反吐が出そうになる。しかし、嵐士はなにも口を挟むことなく、次の凪の言葉を待った。

「ある年、目玉の保管者がなんの前触れもなく亡くなった。一族の者は慌て、急遽次の保管者を選ぶ事になった。そして、一族の中で誰よりも魂の強度が高く、酒呑童子の力に耐性がある一人の少年が選ばれた。少年は粛々と運命を受け入れたよ。もちろん悲しくないわけじゃなかったけれど、両親や兄を守るためだと自分に言い聞かせて受け入れた。――だけど兄がね、兄が僕の運命を受け入れてくれなかった」

途中で変わった口調に、運命を押し付けられた少年が凪だったということを知る。

「兄は長老に直談判しに行った。まだ五歳の凪にはかわいそうだと。自分が代わりに保管者になるから、凪はどうか許してやってくれと。兄はずっと訴え続けてくれた。だけど、大人たちはもう誰も聞く耳を持たなかった。僕以上の適任者が一族の中にいなかったということもあるし、兄は魂の強度が明らかに足りなかった。だから兄一人が反対したところで儀式が中止になることはなかった。準備は粛々と進められ、気がついた時には当日になっていた。僕は儀式を前に、ひとり部屋で待っていた。儀式を終えて、無事目の保管者になれば、僕はもう二度と地上には出られない。地下の牢屋のような場所で、一生を終えるんだ。だから、その日が僕の人としての最後の日になるはずだった」

「はず、だった？」

「兄が目玉を奪い、逃走したんだ」

嵐士は息を呑んだ。凪は話を続ける。

「僕もみんなと一緒になって兄を捜したよ。普段は入ることを禁止されてる森の中にだって分け入った。一時間ほど捜して、僕はとうとう兄を見つけた。兄は村外れにあある森の中で何者かに話しかけていた。僕は物陰に隠れながらそれを見守っていたよ」

凪はそこでいったん言葉を切り、少しだけ声色を変えた。

「『私が弟のかわりにお前を受け入れるから、弟を役目から解放してやってくれ。弟には長生きをしてもらいたいんだ。幸せに生きていてもらいたいんだ』……それが兄の願いだったよ。優しい兄だったんだ。……だから酒呑童子に体を乗っ取られた。酒呑童子の目玉にはね、魂の情報が記録されてると言われたんだ。酒呑童子が退治されたとき、彼はいつか復活できることを願い、そのために目玉に魂の一部を移したと。だから僕ら一族はその魂にもう二度と肉体を与えないようにと、魂の強度が高い人間を保管者に選んできた。だけど兄は、それが足りなかった。兄の身体は乗っ取られ、酒呑童子は再び受肉した」

凪はいつになく沈痛な面持ちで、自分の握った手をじっと見つめていた。

「僕はそこから必死に逃げたよ。このことを大人に伝えなければならないと思ったし、大人ならば何とかしてくれるんじゃないかという期待もあった。だけど受肉した酒呑童子はそれを許してくれなかった。アイツは僕を捕まえてこう言ったんだ。『お前の兄の願いを叶えてやろう。それが約束だ』って」

「願い？」

「兄の願いは僕が幸せに長く生きることだった。アイツはそれを逆手にとって、不老不死の呪いを僕にかけた。ま、もしかするとあいつにとっては、本当に祝福だったのかもしれないけどね。呪いを受けた僕は気を失った。そして次に目覚めた時には——」

そこで声に力がこもった。

「村が跡形もなく消し炭になっていた」

「酒呑童子のせい、ですか？」

「おそらくね」

凪はどこか諦めたように瞳を閉じると、身体を起こした。そうして立ち上がると、その場で背伸びをした。トラックの上という足場としては最悪な場所なのに、彼は器用に背中を伸ばし続けている。

「嵐士くん。僕はね、本当は魔とか鬼とかどうでもいいんだ。兄さんの身体をアイツから取り戻したい。僕の願いはそれだけなんだよ。……幻滅した？」

「親近感が湧きました」

凪の表情が少しだけ驚いたものに変わる。彼はこちらに視線を向けると、興味深げに見下ろしてきた。

「ここで、日本のためとか、世界のためとか言いだしたら、ついていけないなって思ってました。俺、そこまで大物じゃないので」

「そっか」

「そうですよ」

二人はいつの間にか笑いあっていた。何がおかしいというわけではなかったのだが、胸の奥から笑いが込み上げてきてしかたなかったのだ。

「やっぱり、お互いに困った兄を持ちましたね」

「本当にね」

凪はトラックの上から降りると、砂の地面に大の字になった。

「あー、これ、確実に現に怒られるよねー。愛華さんにも怒られるかもー」

「まぁ、怒られますよね」

「一緒に怒られてくれる？」

「いいですよ。今回だけですからね」

そう答えると、凪はまた笑った。

「凪さん、お兄さんの身体、取り戻しましょうね」

「……そうだね」

凪がなにか眩しいものを見るように目を細めた。

朝日が昇る。

今日も君がいる朝が来る。

エピローグ

酒呑童子と戦ってから一週間後、嵐士たちは無事尾道の方へ帰って来ていた。

ブックカフェ『CALM』のカウンターでそのやり取りは繰り広げられていた。

「結構な深手を負わせた自信があるから、相手はしばらく動けないと思うけど。これ、一応、対策ね」

そう言って凪が渡してきたのは、真っ黒い眼帯だった。表はシンプルな作りなのだが、目に当てる方にはなにやら文字のようなものがたくさん羅列している。

「これって……」

「嵐士くんの目の力を抑制するものだよ。これをつけているときは、一時的にだけど鬼の気配を遮断して僕らのような術師にも一応人として認識される。その副効果として、その眼帯をつけている間は酒呑童子が持っている左目から干渉されない。夢の頻度も少しは落ちるはずだよ」

「あ、ありがとうございます！」

夢の頻度が落ちるのは、純粋に嬉しかった。鬼になったことにより体力も上がっているようで少々の寝不足なら動くのに問題はないのだが、それでもやっぱり連日眠れないというのはきついものがある。朝から嫌な気分で目覚めるのも最悪だ。

「でも、夢の頻度が落ちるのは良いのか？　それで魔を探すって話じゃなかったか？」

質問をしてきたのは現だ。彼はカウンターの奥で朝から黙々と料理を作っている。

「構わないよ。嵐士くんの夢の話を聞いていてわかったんだけど、彼、過去に魔や鬼が起こした事件の夢まで引っ張って見ちゃってたんだ。過去の事件の詳細が見れるのはありがたいこともあるかもしれないけど、普段は別に抑制していて良い機能だしさ」

凪はそう言ったあと、懐からなにやらカードのようなものを取り出した。顔写真付きの証明書、といった感じである。それにはなぜか嵐士の顔写真が貼ってあった。

「で、今回のことが評価されまして、一時的にですが、嵐士くんはうちの職員になりました！　お給料も出るよ。良かったね！」

「えぇ!?　そ、そうなんですか!?」

「本人に言ってなかったのかよ……」

嵐士の反応に、現が呆(あき)れたような声を出しながら卵焼きを巻く。そのとなりでやっぱり何やら準備をしながら羅夢が「あらためてよろしく」と嵐士に微笑みかけた。

「あ、はい！　よろしくお願いします」

「で、愛華さんから伝言。『囮(おとり)としてしっかり励みなさい！』だって」

そう言って凪はスマホの画面を見せてくる。そこには愛華とのトーク画面があった。

「お、囮？」

「まぁ、今後も酒呑童子はお前の目を取り戻そうとしてくるだろ？　だから、囮なんじゃないか？　後は、夢要員？」

「それってなんか、危険だし嫌な思いをするだけの要員のような……」

「仕方がねえだろ。お前、ほかに何もできねーじゃねーか」

「そ、それは確かに……」

「がんばろうね」

羅夢が口角をわずかに上げながら、そう応援してくれる。

「で、結局、嵐士くんって、その目にどんな願い事をしたのか思い出したの？」

凪がそう尋ねてきて、嵐士は口元に手を当てた。

「多分なんですけど、『嵐士として生きたい』って願ったんだと思います」

「へ？」と凪は意外そうな顔をした。

「正直、通り魔に刺されたときは生きたいと素直に思えなかったんですよ。死にたいわけではなかったんですけど生きたいかって聞かれたら、このまま生きるのも嫌だなって気分で。だから、どうせ生きるのなら『嵐士』として生きたいって、そう願いました。……多分」

「そりゃ、そんな感じになるわけだね」

凪は肩を揺らす。願いを叶える代償として、人を鬼に変える酒呑童子の右目。その右目に、『自分のままで生きていきたい』と願ったらどうなるのか、という話だ。つまり右目は、嵐士を嵐士のままで鬼に変えた。

「姿が隠れていないのは、『生きる』事が願いに組み込まれているからだろうね。君のその状態こそが、もう欲望を叶えている姿そのものなんだ」

「この姿そのものがもうすでに欲望を叶えている姿……」

「難しいことばっかり話してねーで、ほら行くぞ！」

そう現に頭を殴られて、嵐士は手のひらに落としていた視線を上げた。

振り返ると、現と羅夢が店の扉から外に出ようとしているところだった。その手には何やら大きな紙袋と、レジャーシートのようなものを持っている。

「え⁉　どこに行くんですか？」

「決まってるでしょ」

「お前らが帰ってこなくて行けなかったんだ」

嵐士の質問に、羅夢、現の順番で答えた。

「花見だよ」

現の言葉に、凪と嵐士は顔を見合わせてから微笑んだ。

参考文献

『民俗学』　宮田登　講談社学術文庫　2019年
『民俗学がわかる事典』　新谷尚紀　編著　角川ソフィア文庫　2022年
『鬼と日本人』　小松和彦　角川ソフィア文庫　2018年
『外法と愛法の中世』　田中貴子　平凡社ライブラリー　2006年
『御伽草子の精神史〈新装版〉』　島内景二　ぺりかん社　1991年
『まんが訳　酒呑童子絵巻』　大塚英志　監修／山本忠宏　編　ちくま新書　2020年
『陰陽師の解剖図鑑』　川合章子　エクスナレッジ　2021年
『図解　陰陽師』　高平鳴海　新紀元社　2007年
『陰陽師　安倍晴明と蘆屋道満』　繁田信一　中央公論新社　2006年
『焚火の終わり』㊤・㊦　宮本輝　集英社文庫　2000年

本作品は書き下ろしです。

神祇庁の陰陽師・凪の事件帖
魔が差したら鬼になります

桜川ヒロ

令和6年 3月25日　初版発行

発行者●山下直久

発行●株式会社KADOKAWA
〒102-8177　東京都千代田区富士見2-13-3
電話　0570-002-301（ナビダイヤル）

角川文庫 24073

印刷所●株式会社暁印刷
製本所●本間製本株式会社

表紙画●和田三造

●お問い合わせ
https://www.kadokawa.co.jp/（「お問い合わせ」へお進みください）
※内容によっては、お答えできない場合があります。
※サポートは日本国内のみとさせていただきます。
※Japanese text only

ISBN 978-4-04-114500-5　C0193

◇◇◇

角川文庫発刊に際して

角川源義

第二次世界大戦の敗北は、軍事力の敗北であった以上に、私たちの若い文化力の敗退であった。私たちの文化が戦争に対して如何に無力であり、単なるあだ花に過ぎなかったかを、私たちは身を以て体験し痛感した。西洋近代文化の摂取にとって、明治以後八十年の歳月は決して短かすぎたとは言えない。にもかかわらず、近代文化の伝統を確立し、自由な批判と柔軟な良識に富む文化層として自らを形成することに私たちは失敗して来た。そしてこれは、各層への文化の普及滲透を任務とする出版人の責任でもあった。

一九四五年以来、私たちは再び振出しに戻り、第一歩から踏み出すことを余儀なくされた。これは大きな不幸ではあるが、反面、これまでの混沌・未熟・歪曲の中にあった我が国の文化に秩序と確たる基礎を齎らすためには絶好の機会でもある。角川書店は、このような祖国の文化的危機にあたり、微力をも顧みず再建の礎石たるべき抱負と決意とをもって出発したが、ここに創立以来の念願を果すべく角川文庫を発刊する。これまで刊行されたあらゆる全集叢書文庫類の長所と短所とを検討し、古今東西の不朽の典籍を、良心的編集のもとに、廉価に、そして書架にふさわしい美本として、多くのひとびとに提供しようとする。しかし私たちは徒らに百科全書的な知識のジレッタントを作ることを目的とせず、あくまで祖国の文化に秩序と再建への道を示し、この文庫を角川書店の栄ある事業として、今後永久に継続発展せしめ、学芸と教養との殿堂として大成せんことを期したい。多くの読書子の愛情ある忠言と支持とによって、この希望と抱負とを完遂せしめられんことを願う。

一九四九年五月三日

角川文庫ベストセラー

毒母の息子カフェ　尾道理子

皇帝の薬膳妃　紅き棗と再会の約束　尾道理子

後宮の検屍女官　小野はるか

後宮の検屍女官2　小野はるか

准教授・高槻彰良の推察　民俗学かく語りき　澤村御影

一筋縄ではいかない個性を持つ「イケメン」店員達が働くカフェ。新入りの雅玖と彼らの間にはもう一つ共通点が。それは「毒母の息子」であることだった。仲間と過ごす中で雅玖が見つけた、亡き母の本当の姿とは――。

伍尭國の北の都・玄武で、性別を偽り医師を目指す少女・董胡。合格の証書を授かるため領主邸を訪れたところ、自身が行方知れずだった領主の娘であると告げられ、さらには皇帝への輿入れを命じられて……。

妃嬪の棺の中で赤子の遺体が見つかり、後宮は大騒ぎになっていた。沈静化に乗り出した宦官は、居眠りしてばかりの侍女に出会い、運命が動き出す。ぐうたら女官と腹黒宦官が、陰謀策謀に検屍術で立ち向かう！

新たに掖廷令に任命された延明だが、その矢先に掖廷獄で火災が発生。さらに延焼した建物から妃嬪と宦官の心中とみられる遺体が発見される。ふたりの死の真相を探るため、延明は再び桃花に検屍を依頼するが……。

人の嘘がわかる耳を持つ大学生・深町尚哉。ひょんなことから民俗学の准教授・高槻の謎調査を手伝うはめに?! 「僕達はこの怪異を解釈しなくてはならない」凸凹コンビが軽快に謎を解く！

角川文庫ベストセラー

准教授・高槻彰良の推察2
怪異は狭間に宿る
澤村御影

嘘を聞き分ける大学生・尚哉は、怪異収集家の准教授・高槻に誘われ、小学校で噂のコックリさんの調査を開始。コックリさん、あなたは誰ですか？　という質問の答えは、クラスからいなくなった児童の名前で――。

准教授・高槻彰良の推察3
呪いと祝いの語りごと
澤村御影

高槻と尚哉は鬼神伝説が残る村へ調査に出向くことに。怪しげな洞窟で彼らが見つけたのは、額に穴のあいた頭蓋骨で……高槻と、幼馴染である捜査一課の刑事・佐々倉の幼い頃を描いた番外編も収録。

丸の内で就職したら、幽霊物件担当でした。
竹村優希

就活中の大学生、澪は、財閥系不動産会社の最終面接で「落ちた」と確信。しかし部長の長崎から声をかけられ、「特殊部署」の適性審査を受けることに。入社した澪は、幽霊がらみの物件調査を任されて……。

丸の内で就職したら、幽霊物件担当でした。2
竹村優希

新垣澪は、元気が取り柄の新入社員。人よりも霊が視えるのに無頓着、その力を買われ、日陰の部署である「第六物件管理部」で働くことに！　イケメンでドSの上司、次郎とともに、恐怖な物件なんとかします！

四畳半神話大系
森見登美彦

私は冴えない大学3回生。バラ色のキャンパスライフを想像していたのに、現実はほど遠い。できれば1回生に戻ってやり直したい！　4つの並行世界で繰り広げられる、おかしくもほろ苦い青春ストーリー。